山水之间

胡礼东 著

HU
LI
DONG

中国出版集团

现代出版社

图书在版编目（CIP）数据

山水之间 / 胡礼东著. -- 北京 : 现代出版社，2016.7
ISBN 978-7-5143-5082-1

Ⅰ．①山… Ⅱ．①胡… Ⅲ．①短篇小说－小说集－中国－
当代②散文集－中国－当代 Ⅳ．①I217.2

中国版本图书馆CIP数据核字(2016)第130036号

山水之间

作　　者	胡礼东	
责任编辑	李　鹏　陈世忠	
出版发行	现代出版社	
地　　址	北京市安定门外安华里504号	
邮政编码	100011	
电　　话	010-64267325　010-64245264（兼传真）	
网　　址	www.1980xd.com	
电子邮箱	xiandai@vip.sina.com	
印　　刷	北京一鑫印务有限责任公司	
开　　本	880×1230　1/32	
印　　张	8	
版　　次	2016年7月第1版　2022年7月第2次印刷	
书　　号	ISBN 978-7-5143-5082-1	
定　　价	39.80元	

精神的滋养

谢凤芹

　　胡礼东的笔尖了得，我体会最深，当年，他在浦北县任县委副书记，我在县基层办工作，基层办写出的文稿，经过他修改后观点更鲜明，条理更明晰，他修改后的文稿都成了我们整个基层办写材料的范本，他在应用公文上的得道可见一斑。后来他到市委任副秘书长、办公室主任，以至政协秘书长，工作重点都与文字密切相关，都是倚重他笔尖上的功夫。

　　胡礼东除了公文了得，近几年，文学上的成就大有后来居上的态势，他的文学创作，最早应该是二十多年前就开始了，但真正发力，则是近几年。我第一次读他的作品，是小小说《如拟》，这篇小小说构思非常巧妙，选取了精致的切入角度，以办公室司空见惯的审稿作为故事线索，精妙地刻画了三个人物：战战兢兢的某单位办公室工作人员吕晓、深藏不露的办公室柳主任、有点稀里糊涂的丁副书记，三个人通过简洁的对话，寥寥数语的内心活动，三个不同角度的人物形象就这样惟妙惟肖地展现在读者面前。后来，我在主编《北部湾》小说稿件时，分别发了他的几篇小说，一篇比一篇好，最近一期发了《奂生的后代》。

《陈奂生上城》是二十世纪八十年代描写农民性格特点的经典小说，胡礼东正儿八经地写了他的后代为了孩子的读书问题再次进城，我们开始阅读的时候，是笑着读的，但笑着笑着眼里就含满泪水，再也笑不下去了。

改革开放三十多年，陈奂生的后代秦又生再次重复了他父辈的脚印，让我们读得心酸和悲愁。

胡礼东的小说、散文，每一篇都经过深思熟虑的谋篇布局，在阅读他的作品的旅程中，通过他的妙笔蜿蜒曲折的探寻之路，我们可以领略美好的风景，感受大自然的风云雷电，一年四季的气候交替；能品味到名山大川的气势和壮丽。而更多的时候，我们会体验到作家的深入骨髓的忧患意识。

散文《站在桥上看风景》以侗族风雨桥为观察点，别人在桥上摆姿势照相的时候，作家深邃的目光却看到永济桥和合龙桥迥然不同的待遇，从而让我们看到作家铁肩担道义的风骨。

散文《陋巷深深隐沧桑》，从参观贾谊故居想到故居主人写的《过秦论》《论积贮疏》。

贾谊当年写《过秦论》，旨在总结秦速亡的历史经验，喻后人要以史为鉴。《论积贮疏》贾谊告诉当权者"现在许多人背弃农业去从事工商，吃饭的人很多，这是天下的大灾，淫靡奢侈的风气一天天地增长，这又是天下的大害。这两种灾害公然盛行，必须设法制止"。

作者借一个西汉初年政治家的两篇文章以古喻今，思想取舍让人一目了然，忧患意识跃上纸端。

胡礼东写着写着，作品越来越多，这次出书，有几十篇文章由于篇幅关系被忍痛割爱，没有选入；发表作品的刊物级别越来越高，去年一年，他在省级刊物就发表了好几篇小小说。他除了国家公务员的头衔，又多了一个作家的名号。我相信，以他目前作品的数量和质量，假以时日，他会取得更大的成就。

　　阅读他的作品，是一种触摸，是一种聆听。是视觉的盛宴，也是悠闲的品茗。放下手上的工作，放下心头的烦恼和欲望吧，读一下他的作品，它会给你带来快乐，带来精神的给养。

　　是为序。

自序

　　出版社给我寄来了这本书的清样，我有点飘飘然了，觉得应该洋洋洒洒地写个一万几千字，放在前面，作为序言了，这是很多人出书都有的形式。然而，我写些什么好呢？突然间，我却想起了画蛇添足的故事，居然被吓了一跳，就什么都不敢写了。我在想，我要写的，似乎都在这本书里写了。如《点醒》，如《拟拟》，如《捧杀》，如《傀儡》，如《想你了，老家古井》，如《向往书海》，如《醉在"醉翁亭"》，如《伫立在大师门外》。因此，我同意照印了，也许，有些是历史的痕迹，有些是僵化的色彩，我也没有再去粉饰或者刻意地去抹掉了。我在想，原汁原味吧，如读者能够翻翻，能够指指点点，就什么都有了。

　　是为序。

目录
CONTENTS

小说
XiaoShuo

散　文

SanWen

小说

点　醒

　　栾清从市委组织部出来，已是下午下班的时候了。栾清顺路拐到城西小区弟弟的家里，探望年近八十的老妈，顺便在弟弟的家里吃饭。

　　这段时间，栾清有点不适应了。自传出栾清被提拔到六万山县去当县长的信息以后，给栾清打电话和来找栾清的人多了。而在此之前，栾清的电话都是打出去的多，打入来的少。栾清买的住宅楼房离市区也较远较偏。以前有人问到栾清的住址，栾清比画了半天，人家也弄不清楚东南西北。其实人家也不想弄清楚，只是随便问问。而这段时间，打电话说要登门找栾清的人不但多了，而且很多人还轻易地就能找到栾清的家门口，让栾清感到"穷倒路边没人问，富在深山有人识"，当个小小县长就这样，如再当大些岂不更复杂？

　　栾清没有想当官当大官的欲望。这些年，栾清自从乡镇提拔到市里以后，一直都是在"清水衙门"的单位弄文舞墨，先是在党史办，后是到了社科联，再是到了市政府的经济信息研究中心，然后又到市委政研室。有人说，栾清你是不断在挪动哪，但级别始终还是不动哦！栾清的心底却很坦然，也很满足，乐呵呵地说，我这副处级别，在我老家村里，也算是最大的官了。让栾清和很多人没有想到的是，栾清被提拔了，还当了县长。所以，栾清今晚特地来到了弟弟的家里，要和老妈说一声，明天就要下到县里去工作了。

栾清和老妈正聊着，栾清的手机响了。

"回来吧，家里又来人了。"这是栾清妻子的电话。

"你没想办法挡住吗？"

"我挡不了了，这是一个脾气很倔的干瘦老头，一敲门就说是你的老领导！"

"我的老领导？谁啊？"

"我哪认识？他也没细说，还带来了一个年轻人，说是他的外甥，大学刚毕业。还说一定要等你回来。"

既然是老领导登门来了，栾清不敢怠慢，只得和老妈告别。

栾清回到家里一看，原来这老领导是栾清多年前在乡镇工作时的纪委书记老郑。当时乡镇的纪委书记还不叫书记，叫纪委委员。但不知为什么，大家都叫老郑为郑书记，也许是敬佩老郑铁面无私，六亲不认吧。栾清曾在郑老书记的手下工作，做乡镇纪检干事。就这一来由，郑老书记当然是栾清的老领导了。

一转眼，郑老书记退休十几年了。这十几年，栾清和郑老书记一直没有联系过，没想到，郑老书记现在找上门来了。

"郑老书记，你身体还好吧？"

"好！好！我这老骨头硬着呢！"

郑老书记呵呵地笑着，说："我刚听说，你要回到六万山里去工作？"

"是的，市委领导找我谈话了，明天就下去报到。"栾清边给郑老书记添茶水边诚实地说。

"呵呵！我到市里来探望女儿，刚听到这消息，我就叫我这外甥带过来找你了。哦，我这外甥大学刚刚毕业。"

郑老书记的外甥又自觉地站了起来，一表人才，腼腆地笑了笑。

"好！好！坐吧，坐！"栾清明白郑老书记的来意，但却没再往下问，还是等郑老书记主动说。

郑老书记说："我听说，赵耀前被判了十年？"

"是啊。"

郑老书记说的赵耀前，是和郑老书记、栾清一起在乡镇同事过的赵副镇长，后来是市水利局局长，因贪污受贿最近被判了十年。

郑老书记说："听说钱辉旺也被判了？是十五年？"

"是啊，判了，十五年。"

郑老书记说的钱辉旺，也是和郑老书记、栾清一起在乡镇共事过的一个副书记，后来做到了市交通局局长，也是因为索贿受贿最近被判了刑。

"这个钱辉旺，我当年多次点醒过他，但他似乎总是不当一回事。特别是他当了县、市交通局长以后，县里、市里通往乡镇的公路没有一条是修得好的，但通往他家祖坟的路却修得滑溜溜，都铺上柏油了。"郑老书记气呼呼地说。

"郑老书记你别激动，我们慢慢聊。"栾清知道郑老书记的血压高，忙给郑老书记续上了热茶。

"孙豪梓还没判吧？"

郑老书记说的孙豪梓是他们当年一起工作时的镇委书记，后来提拔到了十万山县委当书记，不久前，因行贿受贿、买官卖官、包养小三被"双规"了。

栾清说："我听说，这案子已移交到检察院了。"

"可惜啊，我当时看这孙豪梓人不错，挺有魄力的。没想到，还是被权、钱、色毁了。"郑老书记痛心地说。

"是啊，我也没想到孙豪梓会走到这一步。"

"小栾，你还经常看那《党纪》吧？有很多案例，教训很深刻……"郑老书记没头没脑地又转了话题。

栾清有点反应不过来，说："你说的是区纪委出版的那份《党纪》？现在改刊为《党风廉政教材》了。"

"是啊，是啊！这是一份好党刊啊！"

栾清有点迷惑了。这郑老书记今天晚上是怎么啦？不咸不淡地扯着，弯山曲水地绕来绕去，他来找我的意思，不就是想帮他外甥解决问题的吗？

栾清有点沉不住气了，看看时间也不早了，明天还要出发下县里去报到呢。栾清看了一眼陪坐在一旁，根本没法插嘴的郑老书记的外甥，呵呵地笑着说："我的老领导，有事你就直说了吧，也别再拐弯抹角了。"

郑老书记一怔，说："有事？我没什么事啊，我就是听说你提拔了，就过来和你聊聊……"

"哪……你这外甥……"栾清揣摸郑老书记不好意思开口，就直截了当地说了。

"哦，你是说他啊，他大学刚毕业，已经报考上村官了，并主动要求到最边远的山村去工作，也是明天要去报到了。不过，他去的却是十万山县，不归你栾清县长管哦，哈哈……"郑老书记说完，慢慢地站了起来，"好啦，我们也该回去了。小栾啊，好好干，手莫伸……"

栾清的心头一震，恍然大悟了！这老领导是特地过来给我提个醒的啊！

栾清陪着郑老书记出了小区的大门口。分别时，栾清紧紧地握着老领导的手，一滴热泪滴到了老领导的手上……

捧 杀

郝海当上了一把手以后，感到这官当得有点爽。出入有人帮拎包，上车有人帮开车门，开会讲话有人帮拟稿子，迎来送往吃喝洗脚都有人帮安排，如果需要，还可能有女人陪睡哩。然而，这个如果，郝海也是偶然想想罢了，是绝不敢要的，虽然郝海有这条件，虽然有老板暗示过，但郝海还是很清醒的，这是高压线，也是底线，是决不能碰，也是绝不能越的。郝海做官做了这么多年了，这定力和素质还是有的。否则，郝海也熬不到今天这个位置，或许还会像一些人那样，早"进去"了。当然，郝海也是人，是个血气方刚、帅气十足的男人。是男人，就免不了有很多的欲望。也许是为了抑制一些欲望吧，郝海的转移力就是去打篮球。在中学时代和大学期间，郝海都是学校篮球队里有名的中锋。自当了官以后，在每次的领导干部体育运动会上，郝海也是一个不可或缺的篮球队主力。这一点，办公室的柳主任非常清楚。

郝海一上任，柳主任就作了科学的安排，让郝书记常到体育馆的篮球场上去放松放松，锻炼锻炼身体，也让郝书记在文山会海和迎来送往的繁忙里解脱出来。这让郝书记感到很满意，多次表扬柳主任的服务到位。

郝书记每次到体育馆的篮球场上，都有一大帮的观众。这些观众都是女的多，有时甚至是一大群的女中学生。她们呼喊着，为郝书记的运球过人加油，为郝书记的快投进球喝彩。这让郝书记感到特别的兴奋，激得郝书记总是像旋风一样，让对手不敢拦，也拦不住，更为神奇的是，郝书记的远投三分球投得越来越多，也投得越来越准了，让场上女观众的喝彩声越来越热烈越来越高涨……

有一次，郝书记在场上打球正打得激烈和观众正在狂热地呼喊时，郝书记感到腰椎突然一阵剧痛，就直不起腰来了。郝书记痛苦地弓着腰，慢慢地退下场来。

这场球，因为郝书记伤了腰，很快就散场了。柳主任送郝书记到医院去做检查。医院的华院长听说是郝书记到医院来了，急忙找来了院里最得力的医生。主治医生给郝书记检查了以后说，郝书记的腰椎受损严重，决不能再从事激烈的运动了，尤其是打篮球，否则，就会有瘫痪的危险了。

郝书记在骨科医院住了差不多半个月的院。这期间，对郝书记是个严峻的考验。郝书记约法三章，决不准透露住院的消息，不准任何下属来探望，不准送钱送礼。郝书记出院以后，又定期和不定期地去医院做了一段时间的理疗，郝书记的腰伤也慢慢地转好了。

有句老话说，好了伤疤忘了痛。这话也许很适合郝书记。郝书记感到腰伤好了，心又痒痒的了，就想去球场活动活动了。柳主任劝郝书记说，还是听医生的吧，不能再去打球了。郝书记不以为然地说，世上很多人的病都不是病死的，多是被医生吓死的。郝书记坚持要去打球。郝书记很留恋那打球的快感，留恋那球场上的欢呼喝彩声。在郝书记的脑海里，球场上那些女观众的一张张笑脸，就像一簇簇盛开的鲜花，让郝书记一上场就冲动得血脉偾张。在郝书记的任性下，郝书记又回到球场上来了。这时，柳主任愈加感到了责任重大，又开始更加紧张地忙碌了。

不久前，有一场球赛，郝书记在观众的欢呼声喝彩声中刚想投出去一个漂亮的三分球，突然感到腰椎似乎"咔咯"了一下子，郝书记就跌倒在球场上了。场上的观众似是被人统一指挥了一样，瞬间寂静了。这时，还是柳主任反应得快，手机一拨，一辆救护车"完了……完了……"地很快就来到了，观众看到郝书记被抬上救护车去了。

郝书记没有想到，这一跌，就跌成了千古恨。医生检查和诊断后如实地报告了柳主任说，郝书记的腰椎受损已经没法治了。

郝书记瘫痪了。没过多久，郝书记的职务也被免掉了。有一天，柳主任到医院里来探望郝书记，郝书记很感动，觉得这柳主任还不错，没像一些人那么势利，人一走，茶就凉了。郝书记没有想到的是，因为这一爱好，因为这点虚荣，没有栽倒在廉政红线和底线前面，最终却是栽倒在一帮女人的手里了。而这一切，都是柳主任精心组织和安排的。每次郝书记去球场上打球，柳主任都已经早早地把观众的任务分配落实到各部委办局里去了。而且，柳主任的工作还很细致，几乎和每一个局长都打了招呼，给每个局长规定和安排了女观众的比例。有时，柳主任还亲自组织联系了几间中学，专门组织女中学生到场。柳主任的这些安排，很多人都知道，不知道的也许就是郝书记一个人了。

如　拟

　　吕晓名牌大学中文系毕业，作为优秀选调生选派到基层，在一个偏远的山沟沟小镇里摸爬了两年。也不知走的什么狗屎运，一下子就调进了市机关，而且是个让同学同事都羡慕得眼睛出火的重要部门。用师兄学妹的话说，吕晓这小子，撞好彩行官运了，凭这小子的才华灵性，和爱弄文舞墨所打下的笔头功夫，不出几年，这小子就会混个科级处级的，前途无量啊。

　　很快地，一年过去了。吕晓仍是整天屁颠屁颠的在部里忙碌着，并没有如师兄学妹所说的伸展拳脚大展宏图。吕晓仍是科员一个，连个副科级都不是。别看吕晓整天屁颠屁颠的忙着，如果与领导的忙比，吕晓差远了。吕晓看到的领导，大多是忙于在大会小会上讲话，布置工作；或是车来车往的忙于接待应酬，在考察点上指指点点，介绍情况，在宾馆酒席上小杯大杯地喝酒，说些感谢祝愿的话。而所有这些忙，都还轮不到吕晓。吕晓忙的只是琐事杂务，搞会务时摆个台牌，做后勤时帮跑跑腿，遇庆典时分发活动指南，或搞搞签到引座，而且，部里的人任何一个都比吕晓调入早，资格老，全都称得上是吕晓的领导，谁都可以抓吕晓的差，派吕晓的活。所以，这一年，让吕晓有时觉得很郁闷。

　　春节后一上班，吕晓还没来得及与同事说些客套拜年的话，就被通知到柳主任的办公室。

柳主任合起正在看的文件夹，说："小吕来啦？坐吧。"吕晓谦恭地在柳主任办公桌前的沙发上坐了下来。

"小吕到部里工作一年了吧？"

"是的，差不多。"

"哦，工作还可以吧？"

"感谢柳主任的关心指导，学到了很多东西。"

"哈哈，小吕很会说话。中文专业的吧？"

"是的。"

"搞过综合材料？"

"搞过，特别是在抽调到县机关党建办时，但……"

"这我知道。你爱好文学，常在报刊上发表作品。你是想说，搞虚构的多，搞实在的少？其实，搞材料搞文学都是相通的嘛，关键是你有文字功底，部里正是看重你这一特点，才调你进来的嘛。这一年，有点委屈你，大材小用了。"

"没有，没有，主任这样说，我知道是在批评我了，敬请柳主任多多指教。"

"呵呵，小吕别误会。这样吧，有件事，需要你辛苦一下。"

吕晓有点受宠若惊。这是吕晓到部里工作后，办公室主任第一次亲自给吕晓安排工作任务。吕晓急忙打开随手笔记本，专心记录柳主任的指示。原来，过几天，市里要召开一个全市性的重要会议，部里要负责为分管部工作的丁副书记拟写一份讲话稿。柳主任把相关意图讲完后，说："就这事，小吕，没问题吧？"

"这……"吕晓一下子压力大了，非常担心，恐难以胜任。

柳主任笑笑，宽容地说："没事，你的情况我还是了解的。先写吧，就当练练笔，有问题我们再研究。"

吕晓要离开柳主任办公室时，柳主任像突然想到似的，很关照地说："噢，小吕，丁副书记有个习惯，要求高，不喜欢电脑打的稿子，就怕你们这些年轻人从网络上下载，东抄西摘东拼西凑的，让领导出笑话。网上就曝过这类事，你懂的。"柳主任颇有深意地一笑，"你还是用笔写吧，也好显显你那手钢笔书法。写好后，我就不审了，你直接送给丁副书记定吧，也好让丁副书记认识你。"吕晓唯唯诺诺，非常感谢柳主任给予的机会、关照和提示。

这几天，吕晓头大了，把这些年练就的文笔功底，及到部里工作后暗暗积集的资料，都派用上了。边执笔写还边自我嘀咕，这年头，都是用电脑打字打印的，哪还有谁用笔拟稿的啊，要不是我吕晓有个爱好常练钢笔书法，用笔用习惯了，岂不累得要命？

吕晓精心熬了三个通宵，终于把讲话稿呈到了丁副书记的桌面上，比定要开会的时间提前了三天。

丁副书记笑佛一样，很平易近人。丁副书记并没有急于看稿，而是微微笑着，很亲切地询问吕晓，哪里人啊，什么学历，什么专业啊，都做过什么工作啊，如此一番闲聊，让吕晓感到倍加亲切和放松。然后，丁副书记不经意地掂了掂稿子的厚薄，很快地翻了翻，说："唔，字写得蛮好哪。"没待吕晓谦虚，丁副书记已经抹掉笑容，换了语气说："内容吗，我看还要充实充实，观点吗，还要提炼提炼。啊，认识上要有高度，思想上要有深度，措施上要有力度。小吕啊，我不是批评你，我是说，年轻人嘛，工作还是要认真、认真再认真！我看这样吧，这几天我很忙，没空审阅，你先拿回去，再认认真真充实充实！再下些功夫提炼提炼！啊，意思吗，就是这个意思。"

吕晓就这样一热一冷地从丁副书记办公室里走了出来，回到科室，盯着稿子，苦思了半天，也领悟不了丁副书记的刚才的意思意思到底是个什么意思。趁着晚上柳主任在办公室加班，吕晓拿上稿子，硬着头皮去向柳主任作汇报请示。

柳主任似喝了点酒，喜色上脸，态度和蔼，听了吕晓的汇报，很认真地翻看了一遍稿子，说："小吕果然文笔不错嘛！"然后，神秘莫测地笑了笑，"我，是了解丁副的！丁副书记的指示吗，是非常明确非常正确啊。我看啊，这稿子也不用多改了。要改，我也没空帮你改。这样吧，你这稿子是用三百字稿纸写的，你去找那一百字的稿纸再重新抄一份。不要急着交，等到开会前一天下午，你再呈给丁副书记看看吧。"

吕晓万分感激柳主任的指点。但在退出柳主任的办公室后，脑子仍是一头雾水。丁副书记的意思意思我还没弄明白，这柳主任的意思又是什么意思啊？！吕晓百思不得其解，没办法，吕晓只得相信领导相信柳主任，按柳主任的指示把稿子用一百字的稿纸重新抄一份。等到开会前一天下午，吕晓再毕恭毕敬地把稿子呈给丁副书记。

丁副书记仰靠着皮转椅，仍是笑佛一样，掂了掂厚厚的稿子，说："柳主任审核过了？"

"审……审过了。"

"唔，好，很好！这就充实多了嘛。小吕辛苦了。"

吕晓腿在打战，心在忐忐忑忑，此刻哪还敢说辛苦不辛苦？难得丁副书记一语通关，急忙说不打扰领导了，匆匆告别，像获特赦一样。还暗自庆幸，任务总算完成交差了！稍后，吕晓悚然惊悟，柳主任高手啊！

没过多久，吕晓成了丁副书记的秘书。

傀　儡

离下班还有半个小时，魏术的手机响了。

"魏术吗？我是马上德，下班后一起聚聚吧，都是我们原来部里的老同事。哦，我听说你出了一本新书？带几本出来吧，我们也欣赏欣赏……"然后，马上德说了聚会的酒家。

魏术很高兴，新书刚拿到手，就有人请客了。正好，带些新书出去，也可以向他们炫耀炫耀。

魏术随手捆了二十多本新书，故意磨磨蹭蹭地稍迟了些，才到了世纪大酒店的贵人厅。

酒席上唯有主位旁边的那个空位了。但那是一个尊位，不是魏术的身份坐的。魏术不知所措。马上德用手示意了一下，请魏术就坐到这个位置上来。

魏术简直是受宠若惊，急忙说："不敢！不敢！"

马上德强拉硬按，魏术被迫坐到这个位置上了。

马上德说："新书带来了？"

魏术说："带来了！带来了！请各位多多指正！"魏术边说边把带来的新书逐一分发给了在座各位。

"还没有签上魏大作家的大名啊！"

"是啊，是啊！"

魏术又忙着一一地在新书扉页上签上了"敬请×××斧正"和落款。

"哈哈，魏术终于出著作了。"

"呵呵，我看这书名和封面的妖艳女郎，肯定是本做爱的自传吧？"

"这还用说吗？我们魏大作家当年最擅长的就是这风流韵事了！"

"我看不一定吧？或许是哪个领导和小三的故事？"

一瞬间，大家都在翻看魏术的新书，这让魏术很受用和很得意。

石龟炖汤上来了，花蟹红鱼也上来了。马上德举起了酒杯："来，来，我们难得聚在一起，也恰逢魏术的大作出版，我们先干一杯！"

"干！干！干！"

大家附和着马上德的提议，相互碰了杯，把杯中酒一饮而尽。

很明显，马上德就是今晚的主角。现在，马上德是全市最大的一个县的县委常委、宣传部长兼副县长，刚刚公示为正处级，拟调任北山县的代县长，等明春的人大会一开，就正式选为县长了。

酒过三巡后，文化局的林局长说："马县长，你这阵势，是专为魏术新书发行的吧？"

林局长这一说，就巧妙地把庆贺马上德荣升的主题隐藏起来了。

林局长说："我看，今晚我们也可以开怀畅饮了，严格执行纪委的规定，我们不用公款吃喝，就用魏大作家的稿费买单好了！"

"对！对！这餐就算是魏大作家请了！"

魏术一听，顿时紧张了，这吃的是山珍海味，喝的是高档名酒，没有一万也有八千，我这哪买得起单？魏术发现有点上当了，急忙推辞地说："今晚我做不了东，等下一次吧，下一次我一定请！"

坐在魏术对面的教育局郑局长说："千年等一回，还等什么下一次啊，魏术你这本新书大作，不是拿了一大笔稿费了吗？你请我们一顿饭，还不是分分钟的小意思？"

"是啊，是啊，来！来！我们为魏大作家的新书出版再干一杯！"

"干！干！干！"

不知是谁，突然说："没有酒了。服务员，快上多几瓶酒来！"

这时，林局长狡黠地笑着，用手招了一下女服务员，在女服务员的耳边耳语了一阵，女服务员嗯嗯啊啊地点头，然后，悄悄地退到了门口的角落里站着。

魏术觉得有点晕，找了个借口，拉了门走了出去，想透透气。站在角落的那个女服务员马上跟了出来。

魏术这一透气，有点清醒了。这新书哪有什么稿费啊，从出版社要回来的几百本样书，就是抵作稿费了。今晚如是我买单，让老婆知道了，这还得了？不行！三十六计，走为上策。魏术匆匆地穿过了酒店的大堂，刚要逃出酒店，那紧紧跟随的女服务员一伸手，就把魏术拦住了："先生，你还没买单呢。"

魏术一愣，装傻地说："买单？我买什么单？"

女服务员说："贵人厅里的客人说了，今晚是你请客，你得买了单才能走！"

魏术哭笑不得，这帮龟孙，是吃定我了，都派人盯上我了。这可怎么办？魏术下意识地摸了摸内衣袋，袋里有几千块钱，是今天下午从银行里取出来，等晚上回去交给老婆，明天去还这个月的房贷利息的。如果今晚花掉了，回去时老婆还不要了我的命？魏术急得团团转，不行，这面子要不要无所谓了，还是想办法逃了吧！但这女服务员也是够一根筋的，如影随形，忠于职守。魏术急得团团转，她也跟着转团团。

魏术发火了："你跟着我干吗？"

女服务员委屈地说："先生，你也别为难我了，你没买单就跑了，我就要被老板炒鱿鱼了。"

"谁说我跑了？我这不是在找卫生间吗？"

"你早说呀，卫生间在这边。"

女服务员指引魏术到了转角的卫生间。

魏术在卫生间坐到了马桶上，却一点屎尿都没有，脑子里想着的是怎么脱得了身。差不多一个小时后，魏术才从卫生间里挪了出来，发现那个女服务员还在坚守岗位地等着他。

魏术无可奈何了，说："你真的是怕我跑了？"

女服务员温柔地说："没有，我是……"

"好啦，好啦，别假惺惺的啦，你说吧，多少钱？"

"不用了，这单已经结了，他们也都走了。我是等着问你，餐厅里的那些书，你还要吗？"

魏术的眼睛睁大了："什么？单买了？都走了？"

女服务员肯定地点了点头。

魏术马上转回到了贵人厅，果然是人已走空，杯盘狼藉，座位上丢下的都是魏术所签发的一本本新书。

女服务员说，他们都喝醉了，都不记得把书拿走了。

魏术深感悲哀，斯文扫地，原来是给人家的荣升聚会当傀儡了。

女服务员说："先生，你还需要什么服务吗？"

魏术看着那些没有动过的剩菜，说："打包！"

女服务员便找来了食品袋，一样菜一样菜地打好了包，完后，女服务员说："这些书呢，还要打包吗？"

"要！怎么不要？都帮我收拾捆好了，我要拿回去都当废纸卖了！"魏术愤愤地说。

待这一切都收拾好了以后，魏术一手拎书，一手拎菜，从酒店里走了出来。

　　酒店外面的街上，车水马龙，灯火辉煌。一阵冷风吹来，不知是心里感到难受，或是酒的后劲一下子上来了，魏术眼前一黑，跌倒了……

考　察

　　办公室的柳主任进来向吕局长报告，市委组织部来电话通知说，这几天，市委干部考察组要到局里来考察领导班子了。

　　吕局长头也没抬，很不在意地"哦"了一声，意思是"知道了"。

　　柳主任出去以后，吕局长即把正在审阅的材料推到了一边，端起了杯子喝了一口茶，然后仰躺在大班皮椅上，微闭双眼，脑子里如百度一样，把局里各个科室的人员都搜索一遍，然后，重点地想到了年富力强的副局长章莱，想到了质监科赵科长那双充满了警觉的眼睛，想到了计财科钱科长对项目拨款的嘀嘀咕咕，还想到了几个科长在外面散布局里的工程有猫腻的议论。

　　半个多小时后，吕局长抄起了电话，召来了副局长章莱。

　　"章副局长，你手头上没什么紧要的事情吧？"

　　"没有。吕局长有什么吩咐？"

　　"我在考虑，这段时间，我们局里的工作也排得有些紧了，大家都很辛苦。我在想，你明天就带几个科室骨干到江浙一带经济发达的地区去走一走吧，主要是出去考察考察，拓宽一下视野，也顺便放松放松……"

　　"这……明天就走？"

　　"是的，也没什么特别的任务，你们马上订几张机票，明

天就可以走了。关键是抓紧出去，也抓紧回来，年底前的工作还很多呢。"

这就是吕局长的作风，从来都是说一不二，说走就要走，他指南，你不能向北。然后，吕局长还明确指示，亲自点了赵科长、钱科长和那几个乱发议论的科长名字，由章副局长带他们出去考察学习，转变观念，提高思想。

章副局长明白吕局长的意思了，这就是吕局长的领导艺术。凡是组织上要到局里来考察领导班子时，吕局长都要提前做些工作，或支配一些调皮捣蛋的人员出差，设法排除不利因素。现在，吕局长亲自点到的那几个科长，就是局里活蹦乱跳的生虾。

章副局长说："好吧。"离开了吕局长的办公室。

吕局长站起来伸了一个懒腰，觉得窗外的阳光特别的灿烂，办公楼外的广场上鲜花盛开，耀眼夺目。办公室角落里的那棵发财树也显得愈发的碧绿了。

刚过两天，组织部干部考核组就到局里来了。这次考察，仍然是依照惯例，先集中局里的干部职工，进行民意测评，然后是找人个别谈话。

吕局长是最后一个才到会议室。往常开会也是这样，待所有的人员都到齐了，吕局长才在办公室主任的引导下最后一个到场。

吕局长微笑从容，神采奕奕地迈进了会议室，突然，脸色由晴转阴。原来是，吕局长一眼就看到了章副局长和那几个科长还没有外出考察，还在这里端端正正地坐着，参加测评会议。

吕局长就座以后，很不高兴地劈头就问章副局长说："你们是怎么回事？"

章副局长说："没办法，临近黄金周了，机票非常紧张，我们现在还订不到机票，我们正在想办法，在抓紧落实。"

吕局长用手抹了一下脸，没再说什么。整个会场的气氛一下子显得愈加严肃了。

测评会议散了以后，干部考核组马上找人谈话。

吕局长压着怒火回到局长办公室后，马上找来了办公室的柳主任，要柳主任即刻转告章副局长，外出考察的决定取消。

然而，当柳主任去找章副局长时，章副局长却不在办公室。柳主任即刻拨打了章副局长的手机，回音是该用户已关机……柳主任又分别拨打了赵科长、钱科长和另外几个计划跟随章副局长外出考察的科长的手机，也全都关机了。这是不是刚才开会时他们都把手机关了，都忘了开机了？待柳主任很不容易打通了章副局长的手机时，章副局长说，我们已在机场，现在开始登机了。

没过多久，市委发文，章副局长升任局长，吕局长调整到另一个单位去任调研员了。

险　情

九号台风暴怒地袭击北部湾。

小小的龙凤镇，被洪水包围得像一座孤岛，宛如一叶孤舟，随时都有倾覆沉没的危险。

"小符，情况怎样？"镇委王书记一脚踏进办公室，一边系着雨衣，一边焦急地问。

"所有的通信线路和信号都中断了……与外界已联系不上。"办公室干事小符忙扼要地汇报。

"走！出去转转！"话音未落，王书记已跨出了办公室。

小符随手抓起一件雨衣，追了出去。

狂风夹着暴雨，似鞭子一样抽打着小镇。镇上的人们，来去匆匆，把家里的东西往高处挪。在镇供销社的一幢仓库门前，王书记和小符遇见了供销社的陈主任。

"措施落实得怎么样？人呢？住房呢？安全情况怎样？货物是否已转移妥当？"王书记连珠炮般劈头就问。

"都安排妥了，暂没大的问题。"陈主任抹了一把脸上的雨水，叹息地接着说，"唉，我的天，什么时候遇过这么大的雨水？你看，这间仓库的地势，要不了多久，就会被洪水涌上来了。"

王书记叫陈主任打开仓库，进去检查。

库房已显得空荡荡的了，唯有最里间的一个角落里，一大堆胀鼓鼓的麻袋堆叠得整整齐齐，就像构筑的一座碉堡。

"这是什么？"王书记指着麻袋问。

"沙姜干！"陈主任答道。

"有多少？"

"一万多斤吧。"

"为什么不搬走？"

"顾不上。现在搬其他物资要紧，抽不出人力。"陈主任摊开手，为难地说。

"小符，你马上回镇委，组织十个镇干部来这里，把这批货物搬到安全的地方去……"王书记转过身，果断地对小符吩咐。

陈主任一怔，忙拦住小符，不自然地笑着对王书记说："这……这不必搬了。是这样，这批货物是我们刚从另一个货仓搬到这里来的。"

"唔？"王书记迷惑不解地盯住陈主任。

"为什么？"小符大为奇怪。

陈主任稍一犹豫，道出了原委。

原来，这批沙姜干，已是积压滞销的陈年老货了。早上，陈主任心念一动，马上组织了几个职工，把一万多斤的沙姜干，从不受洪水威胁的另一个货仓挪到了这个低洼的地方，企图让洪永涌进仓库时，浸泡这批沙姜干。洪水过后，这一万斤沙姜干自然就成了来不及抢救的物资了。这样一来，保险公司就要为此付出一笔赔偿了。这批滞销货，岂不就万无一失地"销"了？

"好鬼的主任！怪不得人家说他是个老龟精！"小符惊诧地想道。

陈主任呢，自认为这是为集体谋利益的好计策，正如江水英唱的"堤内损失堤外补"嘛，此时，在王书记的面前，陈主任还显得有些得意。

"原来如此！"王书记的面色铁青，阴沉，沉得像这个天气一样的霉暗可怕。

老猫般敏感的陈主任，始知此事不妥了。

王书记显然是压抑着火气说："想不到，我在这里发现了比洪水更为可恶的新险情！有人居然如此不惜财产，挖国家的墙脚！"书记的话语，凝聚着一股威慑的力量！他顿了一下，喉管蠕蠕滚动，好像往肚子里咽下了一团火气，接着说："陈主任，我警告你：一、在两个小时内，不，一个小时内，你要亲自处理妥这万斤沙姜干！否则，一切损失，你得赔偿！二、在你的单位里，如有类似故意造成损失的，结果吗——哼！"

小符一瞥陈主任，眼见他打了个冷战，下意识地扣紧了雨衣的领子。

小符又朝外一看，洪水已涨到了仓库的门槛，就要涌进来了。

险情在继续……

苦　果

　　"唉，事一少病就多……"老甘常对关心他问候他的同志这样深有体会地说。

　　老甘说，他离休前从不知道什么是病，离休后像是心理和生理都失去了平衡，不是这疼，就是那不舒服……

　　不久前，老甘大病一场。这病差点要了他的命。后来命是捡回来了，但也因此而花了很大的一笔医药费。

　　这天，老甘拿着一沓医药费单据，回到局里找到财务科的小方。

　　小方翻着那沓厚厚的发票。说："老局长，按规定只能给你报销一半……"

　　老甘疑惑地说："一半？按规定不是可报百分百的吗？"

　　小方显得为难而又同情地说："是有政策规定，但孙局长说了，为了厉行节约，离退休干部的医药费一律只准报销百分之五十……"

　　"啊？我……我去找他。"

　　"孙局长出国考察了。"

　　"什么时候回来？"

　　"可能月底吧。"

　　等到月底，老甘回局里几次才见到了孙局长。

　　"坐！坐！哎呀，老局长，好久不见了，身体好吗？"孙

局长一边热情地说，一边亲自为老甘倒水泡茶。

如此情景，老甘倒不好意思一开口就提医药费的事了。

彼此寒暄后，老甘问到孙局长出国考察的事，顿时提起了孙局长的兴趣，吹了足足一个小时又十分钟。这下可苦了因腰椎增生不能久坐的老甘，腰痛钻心，两腿酸麻，直吸冷气。

"哦，你看，你看，我聊起来没个完了，我还要去参加一个会呢。老局长，你有什么事吗？"孙局长终于刹住了他国外见闻的"报告"，客气而又欲离地说。

"是这样……"老甘掏出医药费单据，说明了来意。

孙局长作为难状地说："这个……上面的政策是有这么个规定，但根据我们的实际，局里对老同志的医药费报销问题已作了个新规定。我个人可不好推翻哪！老局长，你是老干部老领导，是否给带个头？"

"这……"老甘把气憋回了心里，哼了一声，转身走了。

一年后，孙局长离休了，不久，患脑血栓，住了院。出院后，孙局长拿着一大沓医药费单据回到局财务科找到了小方要求报销。

小方翻着那沓厚厚的发票，说："孙局长，只能给你报销一半……"

孙局长一怔："一半？"

小方温和而有礼貌地笑着说："按上级政策是应报销百分百的，但局里另有规定，只能报销一半……对了，这规定还是孙局长你在任时亲自主持制定的呢！至今还没有变……"

孙局长一听，眼一黑，气得差点晕倒……

洗 尘

"哗！好香！好香！"龚朴一踏进镇委餐厅，就连声喝彩。厅中的一张大圆桌上，早摆好了满满一桌的鸡鸭鱼肉、山珍海味。

"龚书记！请坐在这……嗨，别推辞了，你是主人嘛！"陪同进来的镇委副书记章乐强按着龚朴坐到首席上。

随着进来的镇委委员，按习惯排定的座次，一一入座。

"唔，介绍一下，"章乐站起来说，"这是刚从区党校毕业的大学生，新调来的镇委书记龚朴同志！"

"欢迎！欢迎！"委员们纷纷起立，热情地逐一与新书记握手。

寒暄后，章乐高声提议："来！为欢迎龚书记来与我们一起工作，为他一路辛苦洗尘……干！"

"慢！"突然，龚书记急喊道。众人一怔，举起的酒杯停在唇边，宛如电影中的定格一样。

龚书记转头对章乐说："老章，党委一班人都在这里了，我想，我们先讨论决定一个问题，然后，再畅畅快快地喝，好不好？"

"好！好啊！"章乐迷惑不解地答道。委员们边把酒杯放下，边睁着疑惑的眼睛注视着这位陌生的新书记。

"这酒席吗，我估算了一下，起码要几百块钱吧？这可怎

么办？"龚书记征求意见地说。

噢！原来是为这个呀！章乐笑了："哈哈，龚书记，这事，大家议过开销了！"

"不！"刚才还很随和的龚书记，突然变得严肃了，"刚才，我进财务室，老李反映说，这样的开支，去年就花了七八万了。"

委员们不安地互相望了一眼：这新官，莫非是要把这作为上任的第一把火来烧了？宣传委员笑笑说："生米已煮成了熟饭，我看，下不为例吧。"

"不！以此为例！我意见，在座诸位，要自掏腰包，平均分摊！各位心痛一下，就能带个头，从现在起，端正党风！"龚书记接着问，"老章，你说呢？"

"哦，好！好！我赞成！"

……

——这事在报纸上登出来后，有人点赞："好，好！就要这样的书记！"有人摇头："这样的书记，能在班子里待得下去吗？"

有人压根儿就不信："这是小说，现实中根本没有，都是些酸文人编的。"

审　片

县委常委会研究建县五十周年大庆，其中决定由广电局负责制作一个专题片。

广电局专题部主任莫非查出癌症晚期住院了，朱局长把这一任务明确由专题部副主任丁竹负责。丁竹听朱局长的意思，这事干好了，如莫主任不幸，主任的位置就是丁竹的了。

丁竹很得意，多年的媳妇就要熬成婆了。丁竹倾尽全力，苦战了几个通宵，很快就把专题片拎了出来。然后，跟着朱局长，去呈请县委杨副书记审定。

杨副书记看了片子后，笑容可掬地说："很好，框架搭出来了。再充实充实内容就行了。充实后，我再抽个时间看看。"

再次审片时，杨副书记脸上没了笑容："有改进。但内容还是不够，还要充实。充实后，我再挤个时间看看。"

第三次审完片后，杨副书记的脸黑了，很不高兴地说："怎么搞的？五十大庆这么大的事，你们就这态度，就这水平？三天！三天后你们再拿不出县委满意的片子来，我要考虑你们局班子的调整问题！"

丁竹跟着朱局长从县委大楼出来，朱局长一言不发，上车把门一关，就呼地开车走了。丢下丁竹愣在了县委大门口，好半天还找不着北。

丁竹一夜无眠，想不出片子通不过的症结。

　　吃了早餐后，丁竹买了一篮水果、几盒营养品，封了1000元的慰问金，独自到医院去探望莫非主任。

　　被癌症折磨得骨瘦如柴的莫主任，见是丁竹来了，非常感激。聊了一下病情后，莫主任问起了部里的情况。丁竹就把审片的事和莫主任说了。

　　莫主任有气无力地说："能带来这里给我看看吗？"

　　丁竹要的就是这意思，即刻说："片在车上，我拿上来给主任看看。"

　　丁竹快脚快手，很快就摆布好了给莫主任看片。

　　莫主任吃力地撑着，看了片子后，气喘吁吁地说："这片子蛮好的啊，我搞了这么多年的专题，也没搞到这个水平。小丁啊，你在我手下这么多年，我一直没放手让你干，看来是埋没你了。小丁啊，这片子里，怎么杨副书记的镜头一个也没有？"

　　"啊？"丁竹心里一震，猛然醒悟了。人之将死，其言也善。莫主任一句话，就把一切都点破了。

　　回到局里，丁竹加班加点搜索资料片源，把杨副书记的很多活动镜头加进专题片里，重新换了解说。

　　片子再送审时，杨副书记边看边点头，刚坐下来时阴沉的脸慢慢晴朗到阳光灿烂。片子放完，杨副书记充分肯定地说："这就很好了嘛！我看就这样定了。你们辛苦了！"

　　丁竹跟着朱局长从县委大楼出来，朱局长说："小丁，上车一起回局里吧。"

守 护

　　春暖花开了。县政府办退休了的柳丁，陪同外地来的几个退休老战友，到八寨沟一游。然后，照样是驱车绕到了离八寨沟不远的一个村子里去，看一个老人沙煲六。如今的沙煲六，跟景区一样出名了。有些导游忽悠说，到了八寨沟，不去看一看沙煲六，等于白来了。

　　八寨沟以前是个革命老区，近年来开发成了一个4A景区。景区古树参天，天然氧吧，怪石嶙峋，风光绮丽，每一棵古树，每一块巨石，似乎都藏有神奇的传说。这里，还是老电影《英雄虎胆》的拍摄地。这几年，到景区来旅游的人越来越多了。也不知从什么时候开始，很多人到了八寨沟景区游了以后，还要绕到离八寨沟不远的一个村子里去，就为了看一个老人。这老人，同辈分的叫他沙煲六，儿子辈的叫他沙六叔，孙子辈的叫他六叔公，已经没有多少人记得老人的名字了。这老人，充满了游击日寇和钻山剿匪的传奇故事。有人说他和电影《英雄虎胆》里的曾泰原型联络过，也有人说他潜入到匪巢里见过原型的阿兰小姐。这些不管是真是假，这个老人是这一带出了名的地下党员，是地下游击队里最敢搏命的机枪手，却是比珍珠还真的史实。

　　提到这个沙煲六，柳丁似乎还有点印象。那是二十世纪八十年代初，县委、县政府有一项重要的工作，就是拨乱反正，

处理"文革"遗留问题。柳丁当时是县政府里的秘书，每天上班，都会遇到一个头圆发短，蒜鼻豹眼，有点矮墩的村民，到县政府里来上访，要求平反。这个人就是沙煲六。沙煲六申诉的问题拖了很久了，仍是得不到彻底的解决。沙煲六或许是经历的折磨多了，非常地沉得住气，不急，不火，不吵，不闹，每天就跟着上班的人依时到了县政府的大院里。不知什么时候，沙煲六侦察到了县长上班下班的活动规律和住宿的地方，沙煲六就像蚂蟥听到水响似的叮上了县长。县长上班了，沙煲六就蹲在县长的办公室门口等，任谁赶也赶不走。县长没空召见，沙煲六就等到县长下班，特务似的跟到了县长的家里。县长知道，沙煲六是个老革命，也是个老上访了，软硬不吃。县长不敢对沙煲六喝斥，只能是耐着性子地对沙煲六说，你先回去吧，我抓紧督促他们核查处理就是了。沙煲六笑笑，却没有回去。沙煲六就一个心眼，打定了主意，问题不解决，我就缠定你这县长了。沙煲六像粘胶似的赖坐在县长的家里。县长一家人回齐了，坐在一起吃晚饭了，沙煲六也不客气，自己找了一个碗一双筷子，跟着一起吃。县长喝酒了，沙煲六就当自己是主人似的，去找了一个杯子，自己倒酒，陪着县长一起喝。沙煲六这一软磨硬泡的功夫，折腾得县长无可奈何，哭笑不得，县长的家人也很不舒服。一县之长啊，也够威风的了，却还从没遇到过这么一个打不死煮不烂的角色。逼得县长在县委常委会上发火了，亲自点将，组织核查，坚决排除阻力，协调相关部门落实政策，给沙煲六彻底平反，定了离休待遇。想起这些往事，柳丁很有感慨，那时的风气还不错啊，干群关系还没那么多讲究，群众能自由自在地出入县政府大院，不像现在，县政府大院门口已有保安把守了，群众要见个县领导都难了。

柳丁正想着，车子一震，司机说，到了。车子停在了一棵大树底下。

柳丁先下车，一看，这是一棵英俊、挺拔，有两人合抱那么粗的木棉古树。这棵木棉古树，估计有几百年的树龄了。这个季节，木棉花正开，灿烂如火，橙红一树，非常美丽。大树底下，裸露有几块被坐得光滑了的大石头。在一块石头上，坐着一个古稀老人。

柳丁走近一看，这不正是沙煲六吗？

柳丁喊了一声说，沙煲六叔，还认得我冇？

老人摇了摇头，咧开没牙的嘴笑了笑，说，不认得了。

柳丁说，我旧时是县政府的秘书柳丁啊，当年你到县政府上访时，我接待过你的啊。

老人一听是县政府来的，一下子就紧张起来了。手一撑站了起来，持着拐杖，瞪着一双豹眼说，你们来……来……来干什么？

柳丁说，我们来看你啊。

老人睁着圆碌碌的眼睛紧张地说，看我？你们是来看树的吧？

柳丁呵呵地笑着说，我们来看你，也看树啊。

在柳丁的眼里，这个百岁老人，这棵千年的古树，真是一道亮丽的，充满了诗情画意的风景！

老人却厉声地喝道，看我可以，但看树决不行！

柳丁一愣，这老人怎么啦？就是以前，这老人受了那么多委屈，一次次的到县政府去上访，柳丁也没见过这老人发这么大的火啊，莫非是这沙煲六老熟了痴呆了？

老人坚决地说，我即使死了，也不行！我死了，有我的儿子，我儿子死了，有我的孙子，我的子子孙孙会一直守护下去，谁也不能动我这棵古树。

跟着柳丁一起来的几个老战友，和柳丁一样，有点蒙了，一片茫然地面面相觑。

这时，一个似是村干部的人走向前来和柳丁说，我六叔

公可能以为你们是政府来收购古木大树的人了。

柳丁说，这事怎么说？

村干部说了缘由。三年前，沙煲六叔到省城去参加党史资料征集会议，在路过一条街头的一块绿地时，沙煲六叔突然喊司机停车，司机以为是沙煲六叔尿急了，就即刻刹车停了下来。沙煲六叔跳下车，走到了绿地的一棵大树底下，左一圈，右一圈，仰头看看，伸手摸摸。司机一看，这不就是一棵木棉树吗，有什么好看的？

司机说，六叔公，这有什么好看的？你村里不是也有一棵这样的木棉树吗？

六叔公回到车里，松了一口气地说，天哪！我还以为是我们村里的那棵木棉古树走到这里来了。我近前一看，这棵大树，却比我们村里的那棵古树嫩多了。

司机说，六叔公，你可别小看了这棵大树啊，这虽然没有你们村子里的那棵树古老，但若你没个十几二十万块钱，你能买得到这样的大树？

六叔公说，这树能值这么多钱？

司机说，怎么不能？城里不是在搞花样城市吗？你以为这些大树都是在这城里长高长大的吗？这都是出了大价钱买来的，是从大山沟，从村子里挖过来的。有人趁机买树贩树，都发大财了。像你们村里的那棵木棉古树，完全可以卖到几十万块钱呢。哦，对了，六叔公，回去后，我和你合伙吧，我们把你村子里的那棵木棉古树贩到这城里来，可以大大地赚一大笔钱呢。

六叔公气愤地说，你休想！你知道我们村里的那棵木棉古树，藏有多少故事吗？那棵古树，是战火烧过的，藏过情报的，做过地下联络交通站的，还有我们战友的血染过的，这些你都知道否？

司机一看六叔公气恼了，生怕六叔公血压升高，引发心脏病，就赶紧地说，呵呵，六叔公，你别发火啊，我只是和你开开玩笑罢了，你就是说同意了，我也没有这个钱和你合伙啊。

六叔公坚决地说，有钱也不行！我这次回去后，哪也不去了，我就守着我们村里的那棵木棉古树，谁也别想卖了它！

此后，六叔公果然是哪都不去了，生怕有人来到村里挖了买了这棵木棉古树。六叔公几乎是天天都要到这棵古树底下坐着，一直守着这棵木棉古树，看古树花开，看古树叶落，看悠悠白云在树顶上缓缓飘过。

原来如此。柳丁和那几个一起来的老战友，对这老人肃然起敬了，情不自禁地向这老人敬了一个军礼。老人也许是感到放心了，肯定这些人不是来贩卖古树的了。老人的手颤颤地举了起来……

然后，柳丁和那几个一起来的老战友，一齐靠近了老人，拥着老人在古树底下拍照留念。

病　毒

　　"怎么样？都吃好喝好了吧？等下吃点水果，我们去换个节目，放松放松？"姜局长扭转头，一切都已安排妥当似的对坐在右手边的熊处长说。

　　熊处长已有六七成的醉意，齿舌重滞地说："好……好啊，我……我们……走……走吧！"

　　"买单！"姜局长招手喊道。

　　正要上果盘的女服务员，看到姜局长的手势，就把酒水菜单拿了过来。姜局长是这间星级大酒店的"皇上"，几乎是隔三岔五，都在这间酒店的贵宾厅里应酬。有时是姜局长在这里接待上级领导；有时是那些承包局里工程的老板在这里宴请姜局长；有时姜局长在这里做东，约请一些朋友或外单位的领导聚会。很多时候，姜局长还爱带上老婆孩子到这里来赴宴。在那些觥筹交错的日子里，天上飞的，地上爬的，海底游的，不知有多少山珍海味已在姜局长的肚子里穿肠而过。这几年，这间大酒店几乎成了姜局长的饭堂。因为姜局长的不断光顾，这间大酒店的生意也越来越红火。以至酒店里的服务员，谁也不敢怠慢姜局长。

　　姜局长说："笔！"

　　女服务员马上递上了笔。

　　姜局长拿着酒水菜单，就刷刷地签上了龙飞凤舞的名字，然后，抽了一根牙签叼着，带着客人前呼后拥地离开贵宾厅。有人走过那还没来得及端上的果盘，顺手拈了一块果子塞进嘴里，没想到这果子不但不甜，还有点苦，急急地走进卫生间吐了。

中秋节这天，图豪集团的葛总又在这间酒店订了贵宾厅，特意宴请姜局长和他的老婆、孩子。跟着葛总来陪同的有女秘书，有项目部的经理和工程部、财务部的负责人，他们都是跟着来要求姜局长拨钱和敲定下一单工程。

彼此都是熟人熟门熟路了，因此饭局的气氛无拘无束，乐意融融。

酒过数巡后，酒色上脸的葛总，逗姜局长的小儿子说："琅琅，长大后，想做什么呀？"

"当局长！"琅琅神气十足地说，然后，端起杯子喝了一大口果汁。

"呵呵，这小子！"姜局长用餐巾抹了一下油腻腻的嘴脸，得意地笑了。姜局长的老婆疼爱地在琅琅的头上抚摸了一下，然后，用筷子夹了一个鲍鱼放到了琅琅的饭碗里，以示奖赏。

陪同的人都诧异地笑了，啧啧地七嘴八舌赞美琅琅人小志异，大有出息。

葛总端起了酒杯，特地敬了姜局长一杯，恭维说："姜局长是龙生龙啊！您看看琅琅多厉害！英雄少年！"然后说，"琅琅，你告诉葛叔叔，为什么要当局长？当老板不好吗？葛叔叔当老板比你老爸当局长有钱多了！"

琅琅小脑袋一歪，像玩游戏打机关枪似的说："你有钱算什么呀？你每次单独带我们来这里吃饭，我看到你都要掏钱买单，还看到过你送钱给我老爸！我老爸当局长，带我们在这里吃饭，从来不付钱，每次都是喊签单，一摔，就走，多帅！"琅琅越说越得意，还老练地模仿着老爸签单的动作。

姜局长一怔，脸色大变，刚举筷正要夹菜的动作却定格

似的悬在了空中。

姜局长的老婆慌了，厉声喝斥："琅琅！你这乱喳喳地嚷嚷什么呀！满桌子的菜，还没能把你的臭嘴堵住？！"

琅琅的小脑袋一缩，很不服气地咕噜："我又不撒谎，骂我干吗？"

也许是葛总喝多了，没注意到姜局长的神态，大发感慨："不得了啊！琅琅！你的想法比葛叔叔强多了！葛叔叔惭愧啊！惭愧！"

"愧你的狗屁！"姜局长"咣啷"地把筷子往碗碟上一摔，呼地站了起来，狠狠地把椅子一挪，脸黑煞煞地拉开门走了。

姜局长的老婆急忙拎起 LV 包，扯起琅琅，匆匆地跟了出去。

捏着酒杯的葛总，这才吓醒。

过后，葛总好几次想去找一下姜局长，姜局长都以开会和出差避开了，还在电话上把葛总臭骂了一顿："你还想找我要拨款要工程？我想要你的命！"

骂得葛总有点忍不住了，这么多年的结拜兄弟，我还怕你吼？葛总嘴硬地说："姜局长，你也没必要发这么大的火嘛，不就是一个玩笑吗？"

姜局长气急败坏地说："玩笑？这是玩火！你是猪脑啊？"

葛总不敢哼声了。没多久，姜局长却主动地来找葛总了。葛总这才感到惶恐不安，公司的困境已不再是个大问题，最严重的问题是琅琅的"童言无忌"，不知何时已被绘声绘色地流传到了社会上，成了很多人茶余饭后的笑料了。更为麻烦的是，有人已把琅琅透露出来的信息点到了有关部门的网站，要求核查一下这是否有什么蛛丝马迹。因此，葛总从姜局长的身上闻到了出事的味道。

就在姜局长与葛总紧急商量着对策时，检察院把姜局长和葛总都找去了。这一去，就没有再回来。甚至姜局长的老婆也跟着去了该去的地方。姜局长的儿子琅琅也被爷爷奶奶接回大山里的老家了。

回到老家的琅琅，哭着追问爷爷奶奶："我老爸和妈妈都去哪儿了？为什么要把我带回到这么个到处都是猪屎牛屎的山窝窝里来？"

琅琅的爷爷奶奶老泪满脸，没法向孙子解释……

生 计

水浸街的转角，有五六摊卖烧鸭摊。每天傍晚，有一摊烧鸭围着买的人特别多，没轮到的人都在耐心地等候。也怪，很多人宁可在这摊前等，也不转到另外几摊去买。另几摊，顾客三三两两，有点冷清。直到这摊围着人多的卖完烧鸭收摊了，一些人才有点失望地转到另外几摊去买。这几摊烧鸭，价格都一样，也没谁短斤少两，摊上那黄澄澄的烧鸭，看起来也没多大的差异。然而，这些烧鸭，谁买了回去吃过了，就都品尝分别得出味道来了。围着人多的这摊烧鸭，火候恰好，皮酥肉嫩，色佳味香，不想喝酒的人，也被勾出酒虫来，想喝点酒了。食药局的人也说过了，这摊烧鸭是传统工艺制作，绝不掺有添加剂。

这摊摊主叫丁三，是滨海新城丁屋村的村民。这几年，丁屋村的耕地被房地产蚕食，几乎征完了，很多村民已经没地可种，就各自想办法，做起各种生意来了。丁三重拾老祖宗传下的手艺，做这烧鸭生意。还想把手艺传给儿子，儿子却不肯干。丁三的儿子叫丁超五。搞过计划生育的人一看这名字，就知道了，这是个超生仔。有些人就是想得出，把超生的，入不了户口的儿子女儿，取名为超一、超二或黑三、黑四。丁超五考不上大学，就跑到广东去打工了。这几年，广东的很多产业转移了，工不好找，活也难做了，很多人就回归家乡，或另找出路，或娶妻生子。丁超五本是不想回来的，然而，转了几圈，还是不得不回来了。回家后的丁超五，整天东游西逛。丁三见儿子没事做，闷得慌，就要儿子来烧鸭摊帮忙。丁超五却有点不愿意，觉得父亲这摊烧鸭摊是小打小闹，没多大搞头，都做了这么多年了，仍是鱼鹰缚颈，吃不饱，饿不死，勉勉强强的就够维持点生活罢了，终究是发不了大财。然而，丁超五毕竟是个孝子，觉得母亲不在了，父亲老多了，风里来，雨里去的，挺不容易，于是，丁超五不忍心，还是去帮忙了。

丁三的摊位热闹，烧鸭好卖，丁超五也觉得脸上有光，帮起忙来也快捷多了。但丁超五却发现，父亲每天宰杀的鸭子都定了量，多一只烧鸭也不做。丁超五说，这么好卖，我又来帮了忙，为什么不多做十只八只？丁三说，得了，做这些就够了，也留一点活路给人家嘛。丁超五说，笨 ×！生意场上如战场，同行如敌国，有什么好让的？丁三说，你不懂，跟着学吧。丁超五却不以为然。

丁超五熟练上手了，从宰鸭加工到出街摆摊，都能独立操作了。这段时间，丁三的身体不好，老是咳嗽，不好去卖烧鸭了。于是，这烧鸭摊就全交由丁超五做了。丁三叮嘱儿子说，按这样子经营就得了。丁超五说，这么点 × 事，有什么好啰唆的？丁三想想，也是，就在家里翘起了二郎腿，边喝酒，边哼着"彩茶"戏曲，悠哉乐哉。

丁超五觉得，父亲这么好的生意不扩张，可惜了。丁超五就把父亲的叮嘱当成了耳边风，今天多宰了三只鸭子烧烤，卖完了，明天又多宰了五只鸭子烧烤，也卖完了，后天又多宰了十只鸭子烧烤，也一样卖完了。丁三知道了以后，严肃地告诫儿子说，快点收手，按原来的路数做就得了。丁超五仍是不以为然，我行我素。丁三嘀嘀咕咕地说，你小子不听老人言，吃亏在眼前，也罢，等你受点教训吧。

没多久，丁超五的烧鸭摊，围着买烧鸭的人一天比一天

少了。有一天，丁超五只加工了不到十只烧鸭，也卖不了了。丁超五不得不求教了父亲。丁三说，我就说嘛，这就是秘诀啊，你用脑子想一想，这水浸街就一个转角，住在周边和路过的人有多少？却有多少个烧鸭摊？大家都挤在一起搵食了，不容易啊。有什么办法？我们只能是独辟蹊径了，我们祖传加工的烧鸭好，但我们也要少而精，要吊食客的胃口……我们多一只烧鸭也不卖，来个物以稀为贵嘛……

　　这时的丁超五，心服口服，头点得鸡啄米似的了……

症　状

　　肖芳是个幸福的女人，买菜煮饭洗衣服拖地板，几乎所有的家务活儿，老公全都包了。你看肖芳的那双手，又白又嫩，很多女友在肖芳的面前，从来都不敢把自己的那双被洗菜、洗衣服磨得又黑又粗糙的手伸出来，更不用说是和肖芳握手了。但肖芳是得了便宜还卖乖，却还总是埋怨说，老公是个窝囊的男人，就做这些家务琐事，做不了什么大事，都这么多年了，在单位里还是个副科级。

　　肖芳的精明是管钱。老公每月的工资，一分不少地都抓到了手里，以至有些女友叽叽喳喳地说，肖芳精透了，她的老公就是想出轨，也找不到钱来买纸擦啊。

　　但幸福的女人也有不幸。去年年初，单位组织例行体检，肖芳被查出肺部生了一个小肿瘤，医生怀疑说是肺癌。肖芳的精神崩溃了。肖芳的老公一边安慰着肖芳，一边想方设法地寻求专家来给肖芳诊治，并着手筹钱，无论花多少钱，都要把肖芳的病治好。

　　很多和肖芳借了钱的人，听说肖芳得癌症了，急着要用钱了，就都主动地把钱还回给肖芳了。当然，也有推三托四，拖着不还的。

　　这一天，窗外的阳光灿烂，被每天的化疗、吊针、抽血、CT、B超折磨得昏昏沉沉的肖芳精神似乎好多了，搞得肖芳的老公有点提心吊胆，生怕这是肖芳的回光返照。

肖芳扭转头来，追问老公说，马副局长的老婆借了我的钱，我和你说过好几次了，你去要回来了没有？

那马副局长是肖芳老公的顶头上司。如果不是治病钱紧，肖芳也不提这钱了。

肖芳的老公说，还没有，等过几天再说吧。

肖芳急剧地咳起来了，脸红脖子粗地说，你总是说等过几天，等过几天，我看你是想要等到什么时候？是等到我死了，你再去追那马副局长的老婆把钱还回来吗？

肖芳的老公说，我尿急了。

肖芳的老公闪进了卫生间里。其实，肖芳的老公去找过马副局长的老婆了，马副局长的老婆说，是肖芳病昏了吧？我什么时候借过肖芳的钱了？

肖芳的老公说，肖芳说是前年春的时候借给你的。

马副局长的老婆说，肖芳有凭据吗？我们老马当的是局长，有的是钱，我借你们的钱干吗？你们是病急乱投医了吧，这样没来由的事，你们也编得出来？难怪你在老马的手下，都这么多年了，还得不到提拔！

不说提拔还罢，一说到提拔，肖芳的老公就火了，说，你……你这话是什么意思？肖芳现在都这样了，你怎么还昧着良心说话？

马副局长的老婆说，我昧着良心说话？是你们昧良心了吧？你们想向我借钱治病，明说了啊，何必拐弯抹角的说是我借了你们的钱了？

肖芳的老公气得脸都白了，这马副局长的老婆，简直是成心耍赖了，肯定是以为肖芳的病重绝症，活不了了，这人一死，就一了百了了，死无对证了。

然而这些情况，在这个时候，肖芳的老公哪敢和肖芳实说？

肖芳的老公在卫生间里待了很久，才磨磨蹭蹭地出来。

这一转眼，春节到了。很多在医院里住院的病人，都提前出院回家去过年了。县委县政府的一些领导，坐着小车，在有关部门领导的陪同下，由工作人员捧着鲜花，拎着果篮，带上慰问金和慰问品，一拨接着一拨地到医院里来，看望那些病重住院，还不能回家去过年的老干部。

受到这些过年氛围的感染，肖芳想回家了。

主治医生说，那做一次全面的检查吧，看看情况怎样了。

检查的结果显示，奇迹出现了，肖芳肺部里的那粒小肿瘤，居然消散了。

医院的病房里，肖芳脱掉了病号服，换穿上了紫色的套装，坐靠在床上。肖芳的老公坚决地不准肖芳插手，独自在收拾那些住院时所带来的东西，准备出院。这时，一个年青的医生带着一个患者进来了，说是要安排住在肖芳的那张病床上。

肖芳和肖芳的老公抬头一看，突然都怔住了，这新住进来的患者是马副局长的老婆。肖芳和肖芳的老公还不知道，马副局长被"双规"了，马副局长的老婆受到打击，当场晕倒，送到医院来时，检查出肺癌，且已经是晚期了。

"没问题"

《天路》音乐铃声响，孙书记掏出手机看，显示的来电名字是柳尚河，是市委办公室的柳主任。孙书记忙接通了电话。

"柳主任，你好！"这柳主任是孙书记到市里开会时经常邀约出来喝酒的"哥们"，所以孙书记显得很热情。

"小孙书记吗？有个事同你打个招呼。"

"请柳主任指示。"

"是这样，过几天，上面有几个领导要到你们镇去深入调研。你们镇不是正在申报 4A 景区规划的项目吗？这几个领导都相关管着哩，这可是个好机会啊！"

"太好了！欢迎！欢迎！非常欢迎！"孙书记立时激动起来，真是瞌睡了，有人给你递上枕头。孙书记任职的这个梅谷镇，仍是个扶贫镇，地处沿海三市交界的一个山窝角落里，穷乡僻壤，很少有市以上领导到镇里来。近年，不知是哪个驴友网虫独具慧眼，把在梅谷镇游玩拍摄的几组原生态的风光照片，贴到网上，居然把个梅谷镇当作仙山丽景炒热了。先是一些摄影发烧友、休假大学生接踵而至，然后是采风团、自驾游，跟着是很多领导也爱往这个镇里跑，说是来深入调研，实是冲着风景这边独好。随着来的人多了，也就听说这梅谷镇将要列为原生态旅游区规划建设。这不，这段时间，孙书记正忙着跑这个项目。

"你们要高度重视，好好接待啊！"柳主任说。

"没问题！"这是孙书记爱说的口头禅。然后，孙书记顺便向柳主任请教起有关接待的细节问题。

"柳主任，这次来的领导，在饮食方面有什么特殊的嗜好？"

"没有，随便吧。"

"我的大主任啊，你都亲自打电话来了，我还敢随便吗？"

"哈哈，我说的随便就是……土鸡土鸭椎菌野菜的总会有吧？"

"这……当然有！当然有！没问题！"

"这不就得了？"

"这……这……"孙书记急了。孙书记觉得，这是关系到镇里正申报景区建设项目的大事，真的要与柳主任好好研究研究。

"柳主任，你还是帮点拨点拨吧！"孙书记恳切地说。

"好吧，我不说说，看来你也不放心。我说，保护野生动物之类的野味，千万不能上哦。"柳主任提醒说。

"这……我知道！没问题！但是，除了野味……"孙书记感到有点难。

"你们镇小窝养大鱼不是很出名吗？又是绿色食品，可以借此向领导汇报汇报啊！"

"是啊！是啊！这是我们镇的名牌！我怎么就懵了呢？这鱼是非上不可的！没问题！"

"我记得，你们镇还作过经验介绍，大力发展特色养殖，不是养有石龟啊黄沙鳖吗？"

"是的！是的！很多都成养殖专业户了！对！对！这石龟王八也是要上的！没问题！"

"什么石龟王八也要上啊？领导听了成什么话啊？乱弹琴！"

"哈哈哈,我们乡镇干部说话就这样,没动脑!主任批评得对!"

"养有吹风蛇吧?"

"养有!养有!吹风蛇黑肉蛇都养有!"

"龙年嘛,蛇就是龙,龙就是蛇,加个土鸡啊野猫啊搞个龙凤虎也不错嘛!"

"好!好!柳主任就是想得高!没问题!"

"我是说你那山沟沟的,也只能这样办了,靠山吃山嘛。不过,那些野生保护动物是坚决不能上的啊!这原则是一定要坚持的!"柳主任再次严肃地叮嘱说。

"我明白!我明白!没问题!"孙书记说,心里却在想,那些穿山甲果子狸的,要上也难了,几乎都吃绝种了。

柳主任接着说:"你们镇养的黑山羊也很好嘛,山羊野兔的,我看也是几道好菜嘛!"

"柳主任对我们镇的情况就是了解!好呀!好!没问题!"孙书记苦涩地笑笑,这几年,发展黑山羊已跟不上吃的速度,差不多种羊都要吃了。

"我听说,你们那里的野山猪很多?都糟蹋农作物成祸害了?"柳主任关心地说。

"是啊!群众已猎打了不少野山猪。噢,这山猪肉也是有的,没问题!"孙书记是一点就醒。

"龟汤有了,红烧甲鱼有了,猪肉,鸡肉,鸭肉,鱼肉,羊肉,蛇肉,猫肉,兔肉等等都有了,我看这些菜也可以的了,如果能再搞些小黄牛肉,更好!"柳主任哈哈地笑着说。

"好的!没问题!"孙书记不得不附和地笑着说。

柳主任想了想,又说:"再搞些泥鳅黄鳝吧,不过你们那里的泥鳅黄鳝是野生的或是养殖的?"

孙书记明白柳主任的意思,只得打肿脸充胖子:"看柳主任说的,在我们山区,这些小鱼小虾,还用养殖?都是野生的！没问题！"

"那好！好！好！"

……

柳主任就这么有意无意地与孙书记扯着，山不显水不露十几个菜谱就这样定下了。

柳主任说："我还有事要忙，我看就这些吧，简单些，简单些！"

"这还简单？！"孙书记差点大声地喊了！孙书记虽然口口声声说没问题，但这么一搞，钱就成问题了！这可是要一大笔经费开支啊！镇街上的酒家，因为镇政府签单欠债，长年拖着不兑现，不是关门倒闭，就是拒绝镇政府签单了。镇政府也是没办法，财政家底本就赤字累累，自这梅谷镇的风景出了名后，上面来的领导多了，镇政府接待开支的负担也加重了，搞得镇里是苦不堪言。这下可好，孙书记没想到，顺便请示柳主任点拨点拨这次接待的饮食问题，居然是请神请出鬼，问钱问出债来了，按柳主任这一系列的菜谱，再加上茅台五粮液的，没个万把块钱，能搞得掂？！所以，孙书记已是全身冒汗！但为了镇里正申报的项目，死鸡也得撑硬颈啊！孙书记硬撑着说："好的！简单些，就简单些，没问题！"

柳主任又说："我想啊，肉多了，会有点腻，蔬菜吗，要多上些，从山区实际出发吧，最好是要多上点山里的各种野菜。"

孙书记装出佩服地说："还是柳主任考虑得细啊！没问题！"

柳主任说："哈哈哈，就这样吧，过几天，市有关领导和我都会陪这几个领导下去的。到时看看情况再说吧。"说完，柳主任刚要挂断电话，突然又像记起来似的说："哦，我想起来了，这几个领导真的有个嗜好，爱吃狗肉，狗肉穿肠过，佛祖心中留嘛！哈哈哈……"

　　没等孙书记说"没问题"，柳主任的手机已"嘟嘟嘟"地断了。

　　后来的接待，自不必细说，当然是"没问题"，让柳主任和上面来的领导吃得非常满意！只是让孙书记没想到的是，孙书记前脚刚送走领导，后脚就出了大问题！不知是谁把这次接待弄成了一条新闻《扶贫乡镇仍在大吃大喝》，配上那些盆盆钵钵大鱼大肉的大幅照片，贴到了网上，被网民热议转发，引来了纪委工作组的立案调查。

　　没多久，孙书记先挨撤了职。听说，还牵扯出镇里挪用扶贫经费等一系列严重问题，案件还在查处中。

千年荔园

　　一早八点半，十几辆小车，一辆跟着一辆，嗖嗖地从县政府大院开出去了。

　　坐在最后一辆车上的是县统计局的丁局长。一大早，丁局长就接到了县政府办杨主任的电话，要他一上班就到办公楼大堂等候，跟随柳县长下乡调研。

　　丁局长问："主要内容是什么？"

　　杨主任说："我也不清楚，跟着去就是了。"

　　搞不清楚县长的意图，丁局长心神不定。这段时间，考评检查组来的特别多，搞得丁局长特别累。每次提供统计数据，不是挨县政府分管领导指责，就是挨县委主要领导撸。你别看这统计局清水衙门，权力不大，在机关里排位不怎么样。但一到年终考评，班子考核，统计部门就显得非常重要了。就在丁局长迷迷糊糊时，司机说："局长，到了。"

　　丁局长揉了揉眼睛，往外一看，车队已停在梨花镇古荔村村口的大牌坊前。这个村，从屋前屋后，到漫山遍野，都是荔枝果树。这几年，县里投资补贴，将这村中的各家各户房屋进行门面改造，墙贴瓷砖，户建庭院，村建凉亭，立石雕，刻古诗，编传说，打造成了一个农家乐的生态旅游示范村。一年到头，都有很多人来这游玩。荔枝挂果时节，尤为火爆。

　　丁局长下车，左看右看，前看后看，发现小车上下来的人都是财政、税务、商贸、旅游、计生等部门的一把手。丁局长心定了，有那么多重要部门的头在，这天塌下来，有高佬顶，我这局长算什么？于是，丁局长不紧不慢地跟着走。爬上到村边山上的古荔园时，大家自然而然地围着柳县长在古荔亭里坐了下来。这时，柳县长说："今天的调研，主要是走一走，看一看，多了解一些情况，总结今年，谋划明年。刚才，大家边走边聊。现在，我们再坐下来听听。村长先说说？"

村长、镇长分别汇报完后，柳县长说："你们的汇报，我看有问题。今年的荔枝收成，旅游效益，农民增收，怎么就比不上往年啦？我不主张弄虚作假、虚报浮夸，但不如实反映，不精心核算，我看也不好，这就是思想不解放的突出表现嘛！这总结不好，怎么谋划明年？包括我们今天来的各部门，一定要大胆解放思想！"柳县长说到这里，突然站了起来，走到一棵古荔枝树下，指着上面钉着的牌子说："你们看看，这园里的古荔枝树，怎么才标一百多年呢？人家来这里一看，这算什么千年古荔园？百年也不是！你标它八九百年，死得了你吗？谁又能考证得出这些古荔枝树是一百年还是九百年？老丁局长？你说是不是？"

正若有所思的丁局长，被柳县长猛地一点名，吓了一大跳，忙说："对！对！"也不知是哪根脑神经被吓缩了，丁局长的两耳膜突然嗡嗡地响，柳县长再说些什么，丁局长已听不清了。

丁局长返回到局里后，要求各科室，催促各相关部门，务必按柳县长的要求，重新上报。这一搞，全县的财政税收、GDP 增长等均比去年翻了三番，创历史新高。

丁局长联系上柳县长，亲自把新的年报呈给柳县长审核。

柳县长接过报表一看，原是板着的脸慢慢地荡漾出了灿烂的笑容。

没多久，丁局长听说，古荔村的千年荔园，每一棵果树，都已换上了标示九百九十年以上树龄的铜牌子。

独木桥上

"哎，在想什么呢？"焦霞推了推懒洋洋地躺在草坪上的易南。

"看天上的星星。"

焦霞仰望茫茫夜空，没有星星，没有月亮。

"哪一颗是你呢？"易南双手垫在脑后，讷讷自语。

"不是在你身边了吗？"

"我觉得你很遥远。"

"想说什么呢？"焦霞抚弄着易南的头发，知道此刻的易南，心情不好，绝对没有浪漫的情调。

易南的心情确实郁闷。大学毕业后，先在深圳，后到北京，漂泊了一年多，才回到这个城市来，至今仍没个很好的着落。晚上，在焦霞家里吃饭时，焦霞的母亲仍是话里有话，意思是要与焦霞交朋友可以，前提是必须想办法考上公务员。考公务员，不是谁想考就能够考得上的。考大学，考研究生，考博士，考托福都不难，难的就是这考公务员，也许这已是新的天下第一难了。一批批的大学毕业生，口头上多是不屑于进行政机关，实际上都在争着考公务员，拼命想往机关行政事业单位里挤，竞争之激烈，犹如千军万马在过独木桥。

现易南不明说，焦霞也理解到易南此刻在想什么。晚饭时，母亲唠唠叨叨的不是表态的表态，也让焦霞心里不好受。所以，

饭碗一搁，她就拉着易南一起来到了这海湾广场。

"哎，我妈说归说，那是她的想法，你别太在意。不过，你在外也漂泊一年多了，也没个安稳的工作。我看，反正闲着也是闲着，不妨试考一下，再找找关系，如果能考上了，也是一条路子啊。我记得你说过，你老爸不是有个关系在市人事局当领导吗？或许他能帮帮忙呢。"焦霞想着法子为易南解闷。

"是啊，我怎么就忘了呢，这路子值得走一走。"焦霞的话提醒了易南。一想到有这路子，易南突然兴奋了起来，一个鲤鱼打挺，趁机抱住焦霞，在茵茵的草坪上翻滚，吓得焦霞哇哇地喊了起来，一下子招来了很多人，以为发生了强暴，搞得易南差点被保安扭了起来。

第二天晚上，易南来到了市人事局杨舒副局长的家里。因为先在电话上联系过了，易南一进门，就热情地叫了一声："杨叔叔！"

杨舒副局长显得很高兴，尤其是看到易南已是一表人才。杨舒副局长当知青时，在易南的村里插过队。当时，易南的老爸是村委的党支部书记，极力推荐杨舒上了大学。后来，杨舒大学毕业了，参加工作了，当上市人事局副局长了，抱着知恩图报和有了宽敞的住房条件，便多次邀请易南的老爸进城来住个十天八天。当时，易南也正好在城里重点中学读高中，易南因此陪老爸在杨副局长家里吃过几次饭，熟悉了杨叔叔。前几年，易南的老爸病逝了，易南也去读大学了，易南与杨副局长就没再来往过了。所以，杨副局长一接到易南的电话，了解到易南的情况，就很高兴地请易南到家里来坐坐。

易南一坐下来，就开门见山，说了要考公务员的事，请杨叔叔设法帮忙。

杨副局长笑笑，没说什么，既不表态帮，也没说不帮，只同易南说了些考公务员的要求和鼓励的话，意思是先努力考吧，但如分数不上线，什么都不用说，根本没门！

易南诺诺，心里在说，这个我知道。易南还想到，杨叔叔是当官的，当官的说话都这样，和医生一样，从不把话说透说死说满。易南已在心里认定，有你杨叔叔在人事局，只要你肯帮忙操作，我就不用担心分数考上线了，还被人家挤了出来。

聊了一会，易南意识到，合适了，也该离开了，便主动起身告辞。

杨副局长指了指易南带来的礼物，示意易南带回去。

易南紧张了，坚持说是没什么，就几斤水果，一点心意，不空手来罢了。

杨副局长沉默了一下，说："好吧，你好好考，不要再有其他想法。"说完，杨副局长亲自送易南出到小区大门口。

易南千恩万谢，感动得差点流了泪。

离开杨副局长的家里后，易南心花怒放，情不自禁地马上拨通了焦霞的手机，把这一好兆头告诉了焦霞。易南兴奋地悄悄地说："我送杨叔叔的钱，杨叔叔已收下了，他是绝对肯帮忙的了，看来我这考公务员的事，有希望了。"

焦霞在手机那头，也为易南高兴，一连是几个亲吻的响声。

易南兴奋过后，心里却又感到不爽和有些悲哀，这官场还真是黑啊，没关系的要千方百计找关系；有了关系的还要想法找钱设法送钱；有的有钱但如没关系的，钱还送不出去，硬送出去了也没人敢要；那些既没关系又没钱的，更没办法了！如此一想，易南心里顿时又感到隐隐的恢败沮丧。

易南就这么乱七八糟地想着，回到了租屋，用冷水洗了一下脸，让头脑清醒起来。不管怎么样，易南算是心里有了底，有了一个梦和奋斗的目标。心一有底，人便有了激情，有了冲击的动力。

这段时间，易南开始关起门来，使出了当年冲刺高考的那股拼劲，如头悬梁锥刺股般地在资料堆里复习做准备，按期参加了公务员考试。

笔试过后，又等了两个多月，笔试的成绩揭晓，易南不但考上了分数线，而且排在了前列。

易南高兴极了，按照所了解到的路数，立即联系杨副局长，要设法在面试、考核上操作过关，那就大功告成了。易南听说，考上线仅是搭上车，能否再往前走，能否走得到终点前不被踢下车，后面的面试关、考核关才是最最要紧最最关键的。易南还听说，这是黑洞最多最容易做手脚的一个关节。很多人就是在这两关上被莫名其妙地挤出局。所以，易南不怕考笔试，就怕这面试关、考核关时被暗箱操作刷了。然而，易南多次电话联系杨副局长，总是该用户已关机。易南到单位去打听，不是说杨副局长在开会，就是说杨副局长已下基层，或出差了。易南到杨副局长的家门口很多次，凡叩门，均没人。易南很无奈，熬得心急火燎的，直到面试的前一天，易南也始终联系不上杨副局长。易南非常失望，心里也非常窝火，没想到，这杨副局长不是人，忘恩负义不说，最可恨的是没信誉，居然收了钱不办事，这贪官脏官居然脏到了这个程度！

易南实在没办法，事情到了这一步，看来只能靠自己了。既然如此，也无所谓了，泼出去吧，反正我易南是到了什么山上唱什么歌。如此一想，易南精神完全松弛，思想没了负担。面试时，面对面前的几个考官，易南反而轻松自如，思维敏捷，随意发挥，凭着自己的本事和这些年的闯荡见识，居然高分地闯过了面试关。至于考核关，易南暗暗祈祷，听天由命吧。

没多久，易南得到通知，已顺利地考上了公务员，并被确定分配到一个边远的乡镇去工作。临报到时，易南突然接到了老家七叔的电话，说母亲病重，要他无论如何赶回家一趟。易南一听，心里就慌急得想哭，生怕老母亲有个什么意外，急急忙忙地就买了车票，途中换了三趟车，又走了十多里的山路，才赶回到了老家。

易南回到老家，见到老母亲正坐在屋门口的那棵大榕树下悠闲乘凉。

易南喊了一声："妈！"

母亲见是易南回来了，高兴地裂开缺了一颗门牙的嘴笑了。

易南心头一块石头落了地，但又很困惑："妈，七叔不是说你……怎么回事啊？"

母亲说："傻小子，我不这样说，你小子走得远天远地的，还记得家里有个老妈啊。"

易南惭愧地笑了笑，拉了张木条凳子，在老母亲的身边坐了下来。

母亲盯着易南瘦削的脸，说："有了正式工作了？"

易南一愣："妈，你知道了？"

"你杨叔叔托人告诉我的。"

"别提他！他不是人，是个脏官！"

母亲甜甜地笑了："你很恨他？"

"恨透了！这种人，我永远瞧不起他！老爸当年真是瞎了眼，推荐这样的人上大学当了官。"易南一想起杨副局长收了钱不办事的腐败，心里就冒火！哼！要不是因为他在村里插过队，与老爸有交情，加上我是凭自己的本事和能力考上了公务员，所以，那送给杨副局长的钱就当丢到水里算了。否则，我非告他不可，以平我心头之愤。

知子莫如母，母亲知道易南心有怨愤，便收起了笑容，说："你啊，白读了这么多年的书，也想学坏了，居然学会了给领导送钱。还恨人家，还瞧不起人家？人家也许还瞧不起你哩！"

"妈！你……"

"回屋里去吧，我给一样东西你看。"

易南伸手扶起老母亲，回到屋里。老母亲从草席底下拿出了一个大信封，递给易南。

易南打开一看，大信封里是一大叠百元人民币，还有一封信。

易南抽出信来，展开一看，信上写道：

易南：

昨晚你到我家里来，我明白你的意思。你留下的钱，我也明白你的意图。大道理，我先不和你说了。不管怎么样，你要求的这个忙，我是决不会帮的。但我也不好和你当面说透。我怕影响你的情绪，你的考试。所以，我天一亮，就到你老家来了，来看看你老妈，和你老妈聊聊家常，说说你的情况。你老妈对你的做法，有些伤心，也很担心，叮嘱我无论如何也不能帮你这个忙，说是帮了，不是爱你，是害了你。你老妈着实看得远啊，你老妈了不起！你老妈还问我，是否还记得你老爸当年叮嘱我的事。我怎么能不记得呢？你老爸当年叮嘱我，一定要我好好读书，好好做人，好好当官，当个好官。所以，这么多年来，我都是坚持这样走过来的。现在，你要考公务员，挤的是独木桥，这迈出的第一步，很关键。如果我帮了你的忙，你也许从此就没有回头路了，不知什么时候，你就会在这桥上摔下去，摔死了。我呢，也许因为帮你，也会这样去帮别人，开了这个头，总有一天，也会从这桥上摔下去，摔死！所以，我希望你这次考公务员，不要凭钱，不要凭关系，要凭的是自身的能力和本事，正正当当地考。今年考不上，明年可继续。以后，即使考不上，也不要紧，也不一定都要拼命去挤这独木桥，非在这树上吊死不可。这世界的天地很宽，还有很多就业的门路。

你的钱，我留还给你老妈了。我还和你老妈约定，先不和你说，等你有了结果，考上了，或考不上，再说……

（信落款的日期是易南送钱给杨副局长的第二天）

易南拿信的手，微微地抖动着。杨副局长的留言，一下子让易南惭愧得无地自容，薄薄的几页信纸，在易南的手里似乎越来越沉重。

易南的老母亲故意地伸头看了看易南的神情，慈祥地笑了："傻小子，心里清爽了吧？"

"妈！我明白了！"易南不好意思地笑了笑。

"你明白个屁！光棍一个回来！你老爸不在了，你妈越来越老了，你明白什么？那次杨局长来时，我叮嘱他什么都不要帮，就帮你这傻小子找个好老婆！"老母亲装作很生气。

"妈！你儿子一表人才，还愁找不到老婆？还用人家帮？"

"吹吧！和你爸一个样！"

"妈！我饿了！"

"哦，妈见你回来，高兴得忘了。我做饭去！"

易南望着老母亲走进厨房的背影，突然感到有些后悔，这次回来得有些心急了，要是能带焦霞一起回来给老母亲看看，多好！

三棵闯关

　　三棵是人不是树。三棵姓柳，是茅坡村的村主任。

　　茅坡村上了年纪的人都知道，那时，柳三棵的母亲挺着个大肚子，仍在早出晚归地忙碌，不像现在的城里人怀孕那么金贵。那天，柳三棵的母亲正在坡地上收割黄豆，突然一阵肚子痛，来不及回家，就在坡地旁边的三棵松树底下，生下了柳三棵。因此，这就是柳三棵名字的来由。

　　后来，一些冲着茅坡村的风景来画画写生的大学生，听说了这个故事后，都呵呵地笑了，他们联想到，这有点像日本人，在松树底下生的，叫松下，在竹根底下生的，叫竹下，在水井边生的，叫井上，在过河的渡口生的，叫渡边一郎。

　　然而，柳三棵的母亲一辈子都没有走出过大山，对这些日本人的名字由来一点也不知道，给柳三棵取名如与日本人雷同，纯属巧合。其实，农村人取名有时就这样，都是拣最贱的喊，如牛鼓大、猪头二、三脚猫、抹牙四。

　　村主任柳三棵一早出去犁田，然后回家吃饭，饭后，才例行公事地上到了村公所。

　　驻村的镇干部覃晓芳拿着一张《海湾日报》说："三棵叔，你上报啦！"

　　"我上报啦？我有什么好上报的？又拿我这村佬大叔开刷！"

"喏，你自己看吧！"覃晓芳把报纸递给柳三棵。

柳三棵打开报纸一看，果然是自己上了报，是自己和市委吕副书记在一棵古荔枝树下亲切交谈的照片。柳三棵记得，当时他正向吕副书记汇报村小学危房急需要维修的情况。现在，这照片上的说明是市委吕副书记深入基层调研。一看就知道，这是市报社梁记者跟随吕副书记到茅坡村来时照的。盯着这张照片，突然提醒了柳三棵。

市委吕副书记扶贫包村联系挂点定在茅坡村，跟着吕副书记的都是很多个有权有钱的重要部门。吕副书记每次来到村里，都有县委书记、县长、局长、科长、镇委书记、镇长等一大帮领导跟着。在柳三棵的眼里，吕副书记带来联系挂点的领导已经不是领导，而是"四人头的老同志"，是茅坡村里新的希望。有了这些联系挂点的领导，就意味着有了他们带来的钱。有了钱，茅坡村的路就可以动工修建了。一旦路通了，山上的荔枝、八角，坡地的辣椒、黄瓜，田里的香蕉、番茄，就都可以大批量地运得出去卖得更多钱了。那时，村里的人就不会这么一个个地急着外出打工找老婆了。

然而，柳三棵眼下最急的，就是村小学的危房维修问题。等到开春，雨水就多。必须趁这雨季尚未到来，村小学的危房得抓紧维修。这也是吕副书记到村里来挂点联系明确指示要办的第一件大事。但吕副书记批示的资金，还没见拨到村里，也不知到底卡在哪里了。柳三棵好几次去找镇领导和县领导，甚至还直接去找了有关部门，却没有一个是爽快答复的。这些部门的领导，当时都在吕副书记面前拍胸膛坚决地表态，现在却都仿佛不当一回事了，似乎全都得了老年痴呆症了。

柳三棵记得，吕副书记每次离开村里，都拍着柳三棵的肩膀说："三棵，有什么困难和问题，随时到市委来找我。"既然吕副书记都这样说过了，我柳三棵为什么就没有想到这一层关系，亲自到市里去找一下吕副书记呢？

山水之间
shanshui
zhijian

　　柳三棵是个想到了事情就要马上去做的人。照片的提醒，柳三棵即刻就从村公所里又转回了家，简单地捡拾了一下，就出山进城了。

　　到了市区，柳三棵穿过花园似的广场，来到了市委市政府办公大楼前。办公大楼周围，构筑了一圈铁篱笆墙。沿着铁篱笆墙的东西两头，分别是两个进出办公大楼的大门口。

　　柳三棵沿着铁篱笆围墙向东大门走去，时不时地抬头仰望着那几十层楼高的办公大楼，心底里有点发愁，不知在哪一层、哪一个方格里才找得到市委的吕副书记？

　　"你找谁？"一声断喝，把柳三棵吓了一跳。在市委大院进口，柳三棵被保安拦住了。

　　"我找吕书记。"柳三棵定了定神说。

　　"李书记？这大楼里的李书记多了，你找哪个单位的李书记？"保安的脸一沉，瞄了瞄柳三棵，断定这又是个来上访的，而且肯定是个征地拆迁的钉子户。

　　"我找的是市委的吕书记！"柳三棵挺了挺腰杆说。

　　"市委的吕书记？哪来的吕书记？我只知道市委有孙书记，没有吕书记。"保安把柳三棵推搡到一边后，时不时地向一些进进出出的小车敬礼。不用说，这些都是市领导的专车。

　　柳三棵掏出一支烟递过去，保安不接。然后，柳三棵断断续续地费了一番口舌。

　　保安端着架子说："我就说嘛，市委哪来的吕书记？你这说的是市委的吕副书记吧？"

　　"对！对！我要找的就是吕副书记！"

　　"吕副书记嘛，我熟！"保安显出与吕副书记的关系不一般。

　　柳三棵觉得这就好办了："那我可以进去了？"

　　"不行！"保安坚决地说。

　　柳三棵不解了："你不是说你熟识吕副书记吗？我怎么

还不能进去？"

保安得意地笑了："呵呵，我熟识的市领导多了。但我熟识的并不代表你熟识啊。"

"也是！"柳三棵挠了挠头，情不自禁地笑了，便尽力讨好地说，"那保安领导你说，我要怎样才能进去？"

"拿身份证来，先办理上访登记！再说，吕副书记是市委领导。哎，我这样和你说吧？打拖拉机你懂不懂？不懂？扑克牌你知道吧？哦，知道就好，用扑克牌来说，孙书记是大王，朱市长是小王，这吕副书记就是个黑桃三，你懂了吧？所以说啊，这么大的官，你以为谁想见就能见的吗？再说了，你有预约吗？"

"没有。我打吕副书记的办公电话，没人接，打吕副书记的手机，也关机了。但吕副书记说过了的，我可以随时到市委来找他。"

"是吗？那你凭什么证明说你可以随时到市委找他？"

"证明？我从村里出来时，匆匆忙忙，忘了带村里的证明。我也没有想到，见个熟识的市委领导，还要证明……"

"那你说，谁能证明你熟识吕副书记？谁能证明吕副书记什么时候说过你可以随时来找他？"

柳三棵抠耳挠腮，确实想不到谁能证明得了。

保安扫了一眼柳三棵，得意地在心里说，没借口了吧？你们这些上访的，这几年，我可见多了。然后，保安学着领导对下属的口气说："老乡，回去吧，有事回县里或者回到镇里去说，别在这里妨碍公务了。"

"老乡？哼！"这时的柳三棵，被这保安搞得有点屈火了，忍不住"噗"地吐了一口唾沫，狠狠地盯了保安一眼，心里在愤愤不平地骂道："你这狗×的！不就是守个门么，要什么威风！如果让你在什么部门里当了个什么长的，那你的尾巴还不翘上了天上去？"骂归骂，柳三棵还是非常无奈和很不甘心地离开了市行政中心大门口，回到市区的旧街里去找了间廉价的旅社先住了下来。

挨到第二天一早，柳三棵讨价还价地打了一辆摩的，跟着公务员上班的车水人流，又来到了市委市政府办公大楼的东大门。

柳三棵这次故意低着头不哼声，径直地就往大门里走。

保安用力地一把扯住柳三棵，喝叱道："喂！喂！怎么啦？要硬闯啊？我昨天不是跟你说过了吗？"原来这保安仍然是昨天的那个保安。这保安早已一眼认出了昨天来过的柳三棵。

柳三棵先是装傻地无奈地咧嘴笑了，然后，把脸一抹，摆出严肃的样子说："我说兄弟，你的态度好一点行不行？我看你是不想在这里干了！"

保安有些意外地一怔，然后有些恼火了："哦嗬！你什么意思啊？恫吓威胁我？你别来这一套！这几年，像你这样的人，我可见多了。"

柳三棵也不再像昨天那样低声下气和客气了："我说过了，我不是来上访的，我是专门来找市委吕副书记帮排忧解难的！"然后，柳三棵也不想再过多的与这保安纠缠，他从包里掏出了一幅放大了的照片。这是昨天柳三棵回到旅社后，又找到了市报社梁记者，要求梁记者特意帮赶洗印出来的照片，就是那幅刊登在《海湾日报》上的照片。当时，梁记者也没细问，只以为是柳三棵见照片登了高兴，想要照片留念。

这时，柳三棵指点着照片上的人问保安说："这个你认识吧？"

"认得！吕副书记嘛，怎么啦？"

"这个呢？"

保安瞄了瞄照片上的人，再扭头看了看柳三棵，不哼声了。

柳三棵得意地说："看得出我和吕副书记是什么关系了

吧？你看我们的关系多密切，无拘无束地在聊哩！等一下我见到了吕副书记，如果我和吕副书记一说，就你这作风和你这态度，你想想，你还能在这大院里耍威风吗？"柳三棵说完，也不理睬保安是否同意放行，就昂首挺胸地往里走了。

　　保安显然是被这一着搞蒙了，呆呆地盯着柳三棵的背影，一时不知如何处置这一突发事件……

一点雷雨

　　魏局长匆匆吃了点早餐，就陪施莉到了第一医院做胎儿例行检查。

　　这是魏局长不当局长以后第一次来到医院。还不到一个月的时间，医院里的医生护士，似乎都不认识这卫生局的原局长了。一个个的都是各忙各的，没见有一个医生护士来和魏局长打招呼了。想当初，魏局长出入局里，说一不二，来到第一医院检查工作，院领导和医生护士列队恭候，那多威风，多热情。还有，让魏局长感到很不习惯的是，也不再像过去那样，有人帮拎包紧跟着了，再没有人跟着帮办这办那了，现在所有的事情，魏局长都要亲力亲为了。就说现在，魏局长陪施莉到了医院，魏局长要亲自去挂号，亲自去拿处方，拿检验单，亲自去窗口排队交款，亲自搀扶着施莉在医院这栋大楼的电梯里楼上楼下的跑，跑得一头的汗水一身的老人味。

　　这时的魏局长，就很怀念当局长的时候。在局长的位置上，即使是年过半百了，头发花白了，但染了头发以后，魏局长依然显得年轻，依然觉得意气风发。但不当局长了以后，魏局长的头发就白多了，因为魏局长也懒得再去染发了，因此魏局长也就显得苍老多了。在施莉等着做 B 超检查时，魏局长顶着那花白的头发，挺着那个领导特有的大肚皮，就像一个老将军似的守护在施莉的旁边。

这时，一个年轻漂亮的女护士走了过来，很不客气地对施莉说："哎，我说你这位阿姐，我都有点看不过眼了，你的老公呢？这么大的事，你的老公怎么不陪着你一起来？"

施莉不由自主地抬头看了看魏局长，意思是说，我的老公不是在这站着吗？

年轻漂亮的女护士顺着施莉的视线看了一眼魏局长，非常羡慕似的对施莉说："这位阿姐，我注意到你很久了，你真让我妒忌啊！你看看你这老爸多好！跑前跑后跑上跑下的，也真难为他老人家了！"这女护士说后，白衣飘飘，蜂腰一扭，春风摆杨柳似的走了，在她身后，散发开了药水和香水的混合味儿。

魏局长尴尬极了。

施莉却气得脸都白了。

施莉盯着魏局长说："这烂×，是故意的吧？是不是与你有过一腿？"

魏局长的心底一惊，女人的直觉就是犀利！魏局长记得，这女护士为了调进这家医院，找过他，他和她，在办公室的沙发上有过交易，但这些往事，魏局长是被打死了也不会向施莉坦白的。

魏局长说："胡说八道！"

魏局长这话也是模棱两可，也不知是骂那个女护士或是在骂施莉。

施莉还没有检查的项目不肯再检了，气呼呼地独自打的回去了。紧跟着回到家里的魏局长，又被施莉冷嘲热讽地骂了一通。

魏局长也许是累了大半天了，心里也有点窝火，忍不住地说："你是不是嫌我老了？嫌我退居二线，没职没权了？想当初，你可是哭天喊地地要举报我，吵着要和我结婚的啊！"

"想当初，想当初！当初是我瞎了眼了！也不知你还与多少个女人不清不楚的呢，你看看，刚才那个狐狸精，我一眼就看出来了，肯定是你安排她进了医院的了！你说我嫌你，我嫌你又怎么啦？你以为你还是个什么东西吗？你没听到那狐狸精是怎么说你的吗？你是我老爸！哈哈，想当初，当初是我一失脚，就被你糟蹋了！我没想到，你居然成了我的老爸了！"施莉又是哭又是笑地歇斯底里地吼道。

魏局长不敢再哼声了，怕再如此吵下去，还不知施莉会揭出些什么丑事来呢。最要紧的是，魏局长是怕施莉动了胎气。如果不是因为前妻生了个女儿，如果不是这女人怀了孕，魏局长也不会被这女人迷住套住了。

魏局长当官多年，其实也没有什么秘诀。如果要说魏局长有什么秘诀，那就是会妥协罢了。很多棘手的问题，魏局长都在妥协中化解了。施莉怀孕了以后，魏局长妥协了，妥协地和老婆离了婚，妥协地娶了施莉，妥协地化解了乱搞女人偷养小三的议论和纪委的调查。但也因为这一妥协，魏局长的仕途也到头了，一个月前被调整成了局里的调研员了。

调研员就调研员吧，魏局长觉得，不被纪委和检察院抓到把柄，其余的就都无所谓了。当官嘛无非是一张纸，说没就没了，魏局长对这官场也算是看透了，这后半生能有个儿子传宗接代也算是满足了。魏局长现在唯一看重的就是施莉肚子里的孩子，还有这些年来神不知鬼不觉所捞到的那些钱了。

天气很闷，似有雷雨。魏局长和施莉吵了一顿以后，一晚上都没睡好。第二天一早，魏局长有些无精打采地到了局里。

退居了二线以后，魏局长其实是不用再到局里去的。现到局里，究其实也是报个到罢了，不想待在家里再和施莉吵罢了。一个退居了二线的调研员，到了局里，实际上也没有什么事情要做的了，再也没有人来请示汇报了，秘书科也不会再送什么文件来给你审阅签字了，也没有那些没完没了的会议要赶着去开了。

这时，秘书科的小王敲门进来了，说："魏局长，有人找你。"

"谁？"

"是纪委和检察院的。"

"啊？"

就在魏局长正感到有些慌乱时，手机叮咚提示有短信进来了。魏局长打开手机一看，眼前一黑……

施莉的短信说，她在医院已经把肚子里的胎儿打掉了。

没多久，随着一阵"呜呼，呜呼"的救护车声响过，机关大院里的人全都知道，魏局长中风了。

难得清醒

　　出了法院的门口，庄严觉得阳光耀眼。市委要求，所有部委办局的一把手都来旁听了。庭审的案子，原是个局长，也是庄严的前任。庄严和这被审的局长，同住在一个公务员小区。逢到市政府大楼开会，庄严常和这局长坐在一起。好几次领导干部的调整交流，庄严的名字和这局长的大名同印在一纸红头文件里。庄严原以为，明年换届，这局长铁定是进市政府领导班子了。没想到，这局长却一头栽进牢里去了。

　　上了车后，庄严还想到庭审的那些举证啊质证啊证言啊证据啊供述啊，心情突然又觉得缩紧了，复杂了，沉重了，以至回到家里，庄严的脸色板板的，没有一丝笑容。

　　老妈说，出什么事了？

　　庄严说，没事。

　　老妈说，没事就好。这些天，我出去学跳广场舞，有几个熟识的大妈和我唠叨唠叨地说，昨天谁谁被"规"了，今天谁谁又挨抓了。我想啊，你没事就好，我们吃得香，睡得甜。

　　这时，庄严的妻子慧秀从厨房里出来了，说，妈，你的儿子啊，你不是不知道，在你肚子里就种下了正宗的遗传基因了，根红苗正，家教家风好。这么多年来，他铁面无私，铁石心肠，滴酒不沾，坐怀不乱，既不求官，也不争名，还视钱财如粪土，还能有个什么事？你就再给他一个水缸做胆，他也搞不出个歪门邪道来啊！

老妈说，慧秀啊，你就是一个鸭头得把嘴！

妻子就是这样，爱和老妈一唱一和，能逗老妈开心。

庄严自然是不敢介入了，顺手拿了一张报纸，正要展开，有人敲门了。

慧秀去开门一看，是在图豪集团当项目部经理的表弟劳湘来了。劳湘一手拎着一个纸提袋，一手拎着一个蛇皮袋子，一进门就不当一回事似的顺手丢在门角落里了。

劳湘说，表嫂，我大姑在家吗？

慧秀说，还在，进来吧。

劳湘挣脱了皮鞋，换了一双便鞋，进了客厅。

老妈笑眯眯地说，又来啦？

劳湘说，看我大姑说的，怎么叫又来啦？嫌我烦了？

老妈说，你可是个大忙人大老板哟。

劳湘转身，还不忘和庄严表哥打个招呼。

劳湘说，我带了一点老家的野生岩茶来了，给表哥喝，这野生岩茶，对防治"三高"是最好的呢。

正端来一杯白开水的慧秀说，这么说，你表哥血糖低血压低，这野生岩茶，哪能喝啊。

劳湘一愣，笑了，说，表哥不能喝，就留着给大姑和表嫂喝呗，我们家乡这茶，养生哩。

慧秀说，可惜了，我和你大姑，是从来都不喝茶的，这岩茶，你还是拎了回去，留着自己喝吧。

老妈说，你表嫂说得对，你留着喝吧，别放这里浪费了。

劳湘诺诺，顺着这茶的话题，拐弯抹角地跟大姑聊起了老家的芝麻绿豆来了。劳湘也似是把准大姑的脉了，知道这话题是大姑最爱听和最思念的乡愁。

劳湘说，大姑，你很久都没回过老家了吧？现在村里旱得几乎都没水用了。

老妈说，不是有个金窝水库吗？

劳湘说，那水库还有什么用？堤坝渗水都好多年了。穿过我们村的那条水渠也崩塌失修了。现在，村里的人听说是表哥调任局长了，修水库和砌水渠这事归表哥管了，村里的人就嚷嚷说，要来找表哥呢。

劳湘的马脚露了。这时，庄严又想起了庭审，想起了那个局长滑落深渊的那些细节，还想起了很多堤坝的蚁穴，突然觉得，背脊有点凉。然而，庄严不露声色，继续和老妈，和表弟一起聊老家村里的事。聊了一会，劳湘看了看腕表说，我要回去了。

劳湘临出门时，突然记起来似的说，哦，表嫂，我上次来时，记得你说过你想养石龟。后来，我一打听，这养石龟可赚钱了。表嫂，你好有经济头脑啊。说不定什么时候，我也想办法搞养殖算了。昨天，我回了一趟村里，正巧遇到三叔捉到了几只野生石龟，我便出了些钱给三叔，把这野生石龟全要了，顺便带来给你，你看是留着养好，或是炖汤给大姑喝好？

老妈摇了摇手说，不喝，不喝，我不喝，我是算过命的了，算命先生说过，龟是长寿灵物，我的属相是决不能吃的，吃了恐怕就要折寿了。

慧秀说，我不想养龟了，我打听过了，这养龟的市场，水深着哩。最要命的是，我去人家那里摸了一下石龟，回来时皮肤居然就过敏了。

不是吧？劳湘很不相信地问庄严说。

庄严有点严肃了，说，既然都这样说了，你还是把这岩茶和石龟都带回去好了，这些对我们都没用。

劳湘没话好说了。虽然是精心设局，却被大姑和表嫂一一化解了。这大姑和表嫂，也是一道铁门啊，还怎么搞得掂表哥？看来，人家是家和万事兴，这家是不食人间烟火。劳湘感到有些失望，却又有点不甘，只能是装作不当一回事似的，提着岩茶，拎了蛇皮袋子的石龟，一摇一晃地走了。

庄严说，妈，慧秀，我想和你们说点事。

老妈说，什么事？是想说你这个表弟吗？你放心，只要你在外面站得稳，坐得正，家里这些杂七杂八的事，你就不用操心了。

庄严笑了。然而，庄严还是想和她们聊一聊法院庭审的案子……

遭遇高手

旅游大巴刚转上高速路不久，整车人就昏昏欲睡了。

这次仙岛——天坑七日游，是老干部协会组织的一次敬老活动，主要成员是离退休的老干部。这几天的旅程，每天都是被高萌导游催命似的催得紧紧张张急急忙忙，几乎是上车睡觉，下车拉尿，到了景点拍个照。好几个离退休老干部腰酸骨痛地抱怨说："这趟活动安排得太紧张了，简直是拿钱出来找累！"

原党史办的老主任柳绪感到更烦的是，一路上，都是进进出出那些路边旅游商店的多。每天坐在这旅游大巴车上，高萌导游还要喋喋不休地推销特产、玉器、首饰。柳绪老主任情不自禁地感叹说："当今的导游，瓜啦啦的口才都用在推销旅游商品上了！"

坐在柳绪老主任前排的原技术质量监督局的甘吉老局长却气定神闲，一尊坐佛一样。自从启程的那一天起，甘吉老局长就任凭高萌导游忽悠，始终不动声色，不为所诱，进出旅游商店也好，或是在旅游大巴车上也好，从没买过一样特产、一件玉器或一个首饰。每次到了景点，进到商店，甘吉老局长总是跟着大部队不紧不慢地游逛。游风景古迹时，他有时用手机拍照，有时呆呆地盯着一块古碑，或一截残垣。逛旅游商店时，他跟着东看西看，不哼声，也不买。到了高萌导游约定的时间，甘吉老局长就按时地回到了车上，从没有过耽误。

这几天，全车人几乎都买过一些特产或玉器首饰了，就剩下甘吉老局长没买过任何东西，他就像一个铁公鸡似的一毛不拔。高萌导游虽然没说什么，但看得出高萌导游对甘吉老局长一点支持的表示都没有感到很不高兴。这天，高萌导游终究是有点忍不住了，在车上推销玉器首饰时，就故意专门地点了一下甘吉老局长说："喂，坐在后面回来第三排的那位老伯，难得出来一次，你就不想捎带一件玉器回去收藏，或送给家里的亲朋好友？"

甘吉老局长仿佛听不到似的口不哼声，目不斜视，脸无表情。

高萌导游有些愤然了："我说老伯，大家出门在外，你要不要，也给搭个话呀！"

坐在甘吉老局长后面的柳绪老主任，与甘吉老局长是多年的老交情了，柳绪老主任便随意地开了一句玩笑说："高导，你就别寄希望于他了。这些天来，你听他说过一句话吗？其实啊，他大病过一场以后，现在已经是个聋哑残疾的人了……"

"哈哈哈……"整车人都忍不住笑了。

高萌导游"哦"了一声，不好意思地说："怪不得这些天来，我滔滔不绝口干舌燥，就是这老伯无动于衷，没丝毫表情，一点反应都没有。"

高萌导游这一说，全车人更乐了，也许这是他们出来这几天最开心最活跃的一天。接着，车上的老干部们，就绕着这聋哑人的话题三三两两地聊，聊到了社会福利，扯到了养老保障，争论起政府对离退休老干部的福利待遇政策落实问题。

甘吉老局长贴着车窗，默默而专注地看着车外飞速往后溜去的沿路风景。

将近返回到城里时，高萌导游在车上又拿出了一个玉手镯，物美价廉、货真价实地神乎其神地推介。

这时，甘吉老局长高高地举了举手。

高萌导游的眼尖，马上向着甘吉老局长边比划边说："这位聋哑的老伯，你想要一个？"

一听说是甘吉老局长想要一个玉手镯，全车老干部们一下子都仿佛被惊醒了，所有的目光都前后左右地向甘吉老局长聚焦。

甘吉老局长肯定地点了点头。

高萌导游感到非常惊喜，特别兴奋地说："好咧，我马上拿一个给你！"

甘吉老局长摇了摇头，用手指了指高萌导游手上拿着的那个玉手镯。

高萌导游比画了一下说："你要先看看？好吧，先给你看看，如假包赔！"

高萌导游走到了甘吉老局长的面前，把手上的玉手镯递给了甘吉老局长。

甘吉老局长接过玉手镯，看也不看，就从钱包里掏出四百块钱来给了高萌导游。

高萌导游接过钱后，就从挎包里拿出了一个红色锦盒装着的新玉镯递给甘吉老局长，并要换回原先的那个玉手镯。

甘吉老局长却没有接这高萌导游递过来的新玉镯，而是晃了晃手上拿着的那个旧玉镯，意思是我就要这个得了。

高萌导游比比画画地说："这个是用来讲解的样品，太旧了。我给你这个是新的。"

甘吉老局长不予理睬，把那个旧玉镯放进了外套的衣袋里。

高萌导游有点急了，一边手忙脚乱地比画着，一边耐心地向甘吉老局长做解释，坚持说是要把这个新的玉镯换给甘吉老局长。

甘吉老局长却不再理睬高萌导游。而且，甘吉老局长还把眼睛眯了起来，似是又要睡觉了。

这是唱的哪一出啊？整车人都被甘吉老局长搞蒙了。

高萌导游这回是真的急了，一把扯住甘吉老局长说："好啦，好啦，我不卖这个玉手镯了！"

甘吉老局长猛地睁开了眼睛："你说什么？不卖了？我们是一手交钱，一手交货，现在你却说不卖了？"

高萌导游被吓得大吃一惊："什么？你听得到，你能说话了？你不是聋哑的吗？"

甘吉老局长愤愤地说："谁说我是聋哑的？我是聋哑的吗？"

"哈哈哈……"整车人又一次掀起了欢乐的高潮。

待这高潮的笑声稍稍平息了一些时，坐在甘吉老局长后面的柳绪老主任幽默地说："我说高导啊，人家被你这一搞，不是哑巴逼出话了吗？老甘你也是，不鸣则已，一鸣惊人！你不想买就别买了，你和人家高导较什么劲？"

甘吉老局长扭回头来瞪着柳绪老主任说："我怎么不想买了？我不是给钱了吗？我怎么较劲了？你不是看到了吗？我连讨价还价都没有！"

高萌导游非常尴尬和无奈地说："可是……"

甘吉老局长板着脸毫不客气地说："可……可什么可？这玉镯我买定了！新的我不要，我就要这个旧的！这还不行吗？"

说完，甘吉老局长高兴地哼起了一首改了歌词的流行歌曲："出卖你的爱／忽悠人家买／最后知道真相的你眼泪掉下来／出卖你的爱／你背了良心债／就算付出再多的钱你也赎不回来／当初是你要卖的／卖了你又后悔了／有些不是你想卖就卖／你想买就能买／让你明白／让你明白……"

甘吉老局长这一哼唱，感染车上的老干部们也情不自禁地跟着甘吉老局长哼唱起来了，好似回到了晚上的广场舞了。

伴随着满车的欢声笑语，导游无可奈何懊悔万分地回到了车头的座位上。

老干部协会组织的这趟仙岛——天坑七日游就这样结束了。

当老干部们纷纷地从车上下来时，有个老干部悄悄地贴近甘吉老局长说："老甘，你精明一世，这次出手，不会失手吧？"

甘吉老局长得意地说："该出手时就出手。你看高导刚才那个想哭的熊样，我像是失手的吗？我是不想他再骗人罢了！"

跟在后面的柳绪老主任有些妒忌地说："老耿你这就不懂了，老甘是什么人啊，老奸巨猾，'文革'前老牌地质学院的高才生，这玉器小玩儿，能骗得了他？他这次是捡了个大便宜了！那个旧玉镯，起码值这个数！"柳绪老主任边说边向老耿摊开了一个大巴掌。

"五……百？五……千？……"

甘吉老局长偷笑，拿起行李回家了。

别开玩笑

柳副市长原是滴酒不沾的。但那些年，经不住那些场面上的走动，不但沾上了酒，还上瘾了。后来，有了新规定，柳副市长喝酒的机会少了，但仍是隔三岔五地要喝点酒。柳副市长分管农业，和那些搞农业综合开发的老板混得很熟，经常出入老板的农场山庄，然后，就留下来吃饭，喝酒。这天，柳副市长在沈老板的山庄喝酒，喝得舌头都有点大了。这时，酒家的一个小妹走过来，问柳副市长说，老板，这酒还开吗？

柳副市长醉眼蒙眬地说，开……开……

小妹就将一瓶 52 度的"千杯少"打开了。

这时，柳副市长的舌头才卷了过来，说：你开……开什么玩笑？

搞得一桌子的人都开心地笑了。酒足饭饱后，柳副市长打马回朝。一路上，柳副市长吐了好几次。回到家后，柳副市长的酒才醒了个三三。柳副市长喝了一杯茶后，高兴地提出，要和妻子出去散散步。

这很难得，不知什么时候始，柳副市长就没空和妻子一起散步了。

柳副市长住在公务员小区，靠近行政中心。小区临江，推窗见绿，环境清静。当初，策划建设这个小区的开发商很聪明，除了利用江边的风景外，还利用了行政中心的广场，

营造了这个小区的独特环境。行政中心的广场，其实就是一个大花园，有波光粼粼的人工湖，有怪石奇树的假山，还有绿草茵茵的小草原。秋晚夏夜，来这里休闲散步的人如过江鲫鱼，来来往往，年轻人或相依相偎，或猫在树根底下狂吻，老年人或搀扶或慢走，或边走边拍手健身。最热闹的就是广场的中心地带了，一些中老年人成双成对地在跳交谊舞，更多的是大妈在跳僵尸舞，每个跳舞的场地，都开尽了音响的分贝，似是在相互的嚎叫争吵。

　　柳副市长没有想到，行政中心的广场，竟是如此的热闹非凡，别有一番风景。柳副市长有了一种与民同乐的感受，优哉游哉地沿着广场的周边散步，不时有人迎面走来，擦肩而过，有些人还与柳副市长打了招呼。有的，柳副市长认识，有很多，柳副市长不认识。这时，一对中年夫妇迎面走过来了。那男的显然是柳副市长的手下，主动地和柳副市长打了招呼，然后，呵呵地说，柳市长，又换了一个？

　　柳副市长一愣，说，啥意思？

　　那男的故意瞄了一眼柳副市长的妻子，有点神秘地说，前几晚，我似乎看到，和你在一起散步的阿姨，可不是这位哦。

　　柳副市长的心头一震，喝斥道，扯淡！我什么时候出来散过步了？你开……开什么玩笑？

　　那男的说，呵呵，我是开玩笑，开个玩笑，对不起了，柳市长。

　　柳副市长有点恼羞成怒地说，玩笑！这玩笑是能够随随便便开的吗？

　　那男的头一缩，赶紧离开了。

　　柳副市长在想，妈的，这郝科长也太不知天高地厚了，居然敢和我开这样的玩笑！

　　这时，柳副市长的妻子说，郝科长刚才说的，是怎么回事？

　　柳副市长说，你别听他扯淡！他不是说了，是在开玩笑吗？

妻子说，玩笑？我看你是玩火吧？是不是大学时的那个骚货又来找你了？

柳副市长说，你看，你看，又来了，都多少年了……

妻子说，这么说，是你与办公室里的那个小妖精，又死灰复燃了吧？

柳副市长说，你看，你看，你都在胡思乱想胡说八道些什么啊？无聊！

柳副市长一转身，回家了。

从此以后，柳副市长再也不跟妻子外出散步了。

然而，这次散步，却成了柳副市长妻子的一块心病。柳副市长的妻子总是疑神疑鬼，盯得柳副市长总是心神不宁。有一天，柳副市长的妻子神色慌张地对刚下班回来的柳副市长说："老公，我今天到市纪委那里去了！"

"什么？你去告我？你开……开……开什么玩笑？"

"不……不是！是纪委找我去了！就问了我一些小事。你不会是真的在外面有了吧？"

"你开……开……开什么玩笑！"柳副市长正气凛然地说，但心里却在打怵，完了，完了！纪委在查我了！

没多久，柳副市长吃喝受贿的问题被查，并扯出小三的事情来了。有人说，这是柳副市长的妻子告的，也有人说，是郝科长举报了。郝科长却大喊冤枉地说，这不关我的事啊，我只是和柳副市长开过一个玩笑罢了……

多此一举

易南在市政府当了十几年的科长了，这次如再提拔不成，也许就超过了提拔的年龄界限，到退休都只能是个科级了。现在是，民主推荐，民意测评，组织考核，个别谈话，这些选拔任用的考察程序都一一地走过了，就等组织部门拟出方案，提交市委常委会议研究，易南提拔的事，就算是马踢，也踢不掉了。

这段时间，办公室里的同事，遇见易南，也不叫他易科长了，都改口叫易处了。易南谦恭地说："多谢支持啊！多谢推荐了！但请先别这样叫啊，我这八字刚有一撇，搞不好，就被抓把柄了！"同事们笑笑，仍是照叫不误，他们知道，这次提拔易南，是绝对没问题的了。易南的心里也有数，只是表面上必须显得谦虚，谨慎罢了，内心深处，还是挺受用同事叫他易处的。

在这期间，易南跟随常务副市长出了一趟国，出国回来不久，市委召开了常委会议。易南知道，这次市委常委会议，将研究一批干部。但会后公示，却没有易南，也不知是什么原因。易南感到很郁闷，但仍沉住气，自我安慰，这批没有，也许放在下一批吧。让易南感到有点寒心的是，人情势利，办公室里的同事，遇到易南，绕道走了，绕不了的，也不叫他易处了，改口叫回了易科长了。

易南毕竟是当了十几年的科长了，在领导的身边跑前跑后，还是有点历练的，该干吗还干吗，仍旧一切如常，只是回到家里，有些萎靡不振，没心情过问儿子的学习了，动不动就和妻子吼。妻子只道是他在领导身边工作，压力山大，也不同他计较。

全市的经济工作会议后，办公室的柳主任找易南谈话。

"小易，这次提拔问题，心里有想法了吧？"柳主任关切地说。

"没有！没有！我会经得起组织考验的！"易南做科长这么多年了，心底里还是清醒的，在领导面前，你千万不能因为提拔的问题表现出有任何的想法。你如流露了，领导就会有看法了，领导一旦对你有了看法，你再想提拔就真的是没办法了。

柳主任笑笑，知道易南说的不是实话，但也觉得，易南是有点老练了，所以，就顺着说："这就好！这就好！"

然后，柳主任和易南闲扯了一下工作上的事。看看没有什么再说的了，柳主任突然很不经意地说："小易，这次跟朱副市长出国，在国外没有遇到谁吧？"

易南一怔，一下子有些反应不过来："没，没有遇到谁啊！"

"哦……"柳主任拖了一个长声。

易南脑子一热："噢，我想起来了，遇到过市委组织部的魏副部长，他是随同市委吕副书记一个考察团的！"

"哦……"柳主任又拖了一个长声。

柳主任说："打招呼了？"

易南有点困惑，如实地说："打了。"

"哦……"柳主任仍是拖着长声，端起杯子，咕噜地喝了一口茶。

易南记得，是在准备回国的那个晚上，易南独自在街上

闲逛，易南眼尖，见到了魏副部长。这在异国他乡，突然遇到了熟人，易南感到很高兴，且又想到自己正被考核，正准备被提拔，难得遇到了组织部的领导，正好套个近乎，于是，易南就赶紧迎了上去，异常热情地与魏副部长打招呼。当时，魏副部长正低着头，从一个娱乐场所走了出来。魏副部长突然听到，有人在喊他，吓了一跳，待认出了是市政府的易科长后，魏副部长才稍微镇静下来了，非常尴尬地笑了笑，和易南客客气气地聊了几句，就匆匆地告辞了。过后，易南也没把这当过一回事。

柳主任看了易南一眼，不再说什么了。

易南回到科室后，静下心来一想，恍然大悟了，狠狠地扯了一把头发，我抽！我易南还是白干了这么多年的科长了，我还是不成熟啊，这次出国，我怎么就鬼使神差地，在那不恰当的地方与这么重要的领导打那不恰当的招呼呢？

风向轮流转

卫生局新建的办公大楼启用一年了，围墙的门楼仍是一个烂尾工程。

莫局长上任后，就召开了班子会议研究。按职位排序，赵副局长先发表意见。

赵副局长说："老朱（原局长）定建这门楼，意思很明显，有官有财，官运亨通嘛。对这，我是很有看法的。党员领导嘛，哪能讲风水迷信，不讲政治？但我当时却不好表态，怕老朱误会，不支持一把手。现在，老朱官没了，财没了，人也进去了……"

钱副局长说："我赞同赵副的意见。老朱这人，对我是有看法的，总是疑心我在背后有小动作，争他的位置坐。所以嘛，我也不好说什么。其实嘛，一个单位的门楼怎么能建成个棺材的样子呢？常言道，不见棺材不流泪。你看看，老朱不是建了棺材就流泪了吗？"

孙副局长说："我心里是最反对老朱这种做法的。但我也非常了解老朱，听不进不同意见。我说了也是白说，我干脆不说。很多人都说了，卫生局怎么就建了个棺材门楼了呢？这不是说，卫生局是抬死人的局了吗……"

莫局长听了这些意见后，严肃地说："各位说得很好，点出了老朱的腐败问题。现在要解决的问题是，这门楼不拆吧，影响不好，拆了吧，浪费钱财。拆与不拆，都会有人说三道四。你们看，这可怎么办？"

"是啊！是啊！"几位副局长的目光都聚焦到莫局长的脸上了。

莫局长沉着地笑了笑，说："那各自都明确地表个态吧。"

几位副局长面面相觑。然后，赵副局长仰靠在椅子上盯着天花板，钱副局长用手撑着大脑袋看着对面墙上的一幅西洋裸女油画，孙副局长一支接着一支地抽烟，秃头上烟雾缭绕。

莫局长左看右看，心里很清楚，这几位副手是不表态的了。莫局长只能表态说："这段时间，我上班下班，越看越觉得，这门楼的原型，不是有点像一艘出海的船吗？我们能否稍为改造一下，改成一艘船的样子？这也符合我们沿海开放城市的滨海风情嘛。"

"啊？对啊！对啊！你看看，为什么莫局长能当局长，我们还是个副职？能力水平的区别就在这里了嘛，还是莫局长高见啊！"几位副局长不约而同地拍案叫绝！意思明摆着的嘛———一帆风顺！

会议决定，棺材门楼改成船型模样。待门楼建好了以后，很多人都说，绝妙佳作啊。遗憾的是，却没有一帆风顺，莫局长因花钱买官，东窗事发，被"双规"了。这时，有人议论说了："卫生局的门楼，风水不好啊，连续两任局长都挨捉了！"

这样的议论传来传去，有些人就专门去看了卫生局的新门楼。有人还把门楼拍了照片，挂到了网上。如此一闹，卫生局的新门楼，被一把锁头锁死了。局里的人上班下班，走的是大楼后面的一个侧门。直到新任的郝局长上任，这被锁死了的门楼问题，又被摆到了局班子会议上。按副职的排序，仍然是赵副局长先发表意见。

赵副局长说："说来话长，老朱要建个棺材门楼，意图是有官有财。老莫来了，把门楼改成了一艘船，意思是一帆风顺。所有这些，我都是很有看法的，党员领导嘛，哪能讲风水迷信，不讲政治呢？但我都不好表态啊，我反对了，不是说我不支持一把手了吗？我还怎么和一把手相处？"

钱副局长说："我赞同赵副的意见。老朱这人，心眼小，疑心重，官瘾大。老莫呢，我看与老朱也差不多。现在回头看看，老朱的棺材破了，官丢了，财没了。老莫呢，什么一帆风顺啊，呵呵，船也翻了……"

孙副局长说："老朱的做法，我打心里反对。老莫的做法，我也很反感。但我都想过了，我反对了又能怎么样？我不同意也没用啊。我听很多人说，卫生局建个围墙门楼，也讲风水，这不是扯淡吗？"

郝局长听了这几个副局长的意见后，说："各位副局长的意见都很好……那你们说说，这锁死了的门楼怎么办？"

几位副局长面面相觑，沉默了。赵副局长仰靠在椅子上盯着天花板，钱副局长用手撑着大脑袋看着对面墙上的那幅西洋裸女油画，孙副局长一支接着一支地抽烟，秃头上烟雾缭绕。

郝局长印证了调研的情况了。在会前，郝局长还查阅了上两任领导班子的会议纪要，不单是这门楼的问题，还有用人、用钱的问题，这几位副局长都是看风使舵。等到出事了，一个个的不是幸灾乐祸，就是振振有词，把责任都推了个一干二净。郝局长打定了主意，要以此为案例，开展整风。

郝局长说："我看这样吧，我们必须逐个地表态！是不是还按顺序来，请赵副局长先说说？"

赵副局长一愣，说："我？我想想，我想想……"
……

就在这时，楼下"轰隆"一声巨响，有人惊呼："门楼倒塌了！"

奂生的后代

也许已经没有多少人记得"漏斗户主"陈奂生了。在二十世纪八十年代初，"漏斗户主"陈奂生上城，闹了很多笑话，被一个著名的作家写出来发表了。陈奂生看了以后，感到很生气，很没面子，生怕给后代带来不必要的麻烦和负面的影响，就找了一个理由去磨村文书，给开了一纸村委证明，到镇上的派出所去把户口的姓氏改了，也就是把耳东陈改成泰山秦了。陈奂生过世了以后，再也没有多少人知道，秦又生是陈奂生的儿子，是"漏斗户主"的后代了。

六月底七月初，学校刚放暑假，秦又生就急急忙忙地上城了。秦又生虽然是个农民，然而，现在的秦又生上城，也已经不是子承父业，上城去做买卖了。秦又生这次上城，是关系到家族兴衰盛败的接班人问题，说穿了，就是要想办法解决儿子秦淮生到市里去上重点学校读书的大事。谁都知道，要上这重点学校可不是谁想上就能上的，除了成绩要好，要达到分数线以外，还要缴交一笔择校费呢。

唉，肩负重任的秦又生，深深地叹了一口气。时代不同了，现在的孩子不一样了，一个个都显得金贵了，在农村，大人要去干农活，还没读书的孩子再也不像过去那样，随随便便地丢在庭院里抓鸡屎，或是带到田头里去爬番薯坡了。秦又生听说，城里的孩子更甚，孩子从出生到上幼儿园，都是一家人轮流地抱着，从没接过地气，到了要上幼儿园了，就要千方百计地找最好的幼儿园上，到了要上小学中学了，就要想办法上重点上最好的学校。而在农村，也是不同了，农村的孩子在村里镇里读了小学要升初中时，就要想办法送到城里去读，要读重点中学，要考最好的大学，以便将来能够找一份好工作。如果不是这样，秦又生也不会急急忙忙地上城来了。

秦又生到了城里，吸取了父亲陈奂生当年的教训，不敢再住高级宾馆招待所了。秦又生从大巴客运站出来，搭个"摩的"，到了水尾街，悄悄地找了一家便宜的旅社住了下来。然后，换了一件新买的山寨鳄鱼牌短袖衬衫，就出门去了。

秦又生在城里，先找老乡，通过老乡，再找老乡熟悉的关系，沿着这些关系，去找有关领导，犹似一个蜘蛛在织网一样，也似一个猎犬，在一步一步地去接近猎物，一个一个地去克难攻坚。秦又生做的这些，还得益于读了点书，有了点文化，不再像父亲陈奂生当年那样，傻乎乎的一个村佬进城了，或像个瞎猫似的撞死老鼠了。秦又生在城里，有目的地拜庙烧香，找老乡拉关系，套近乎托人情，最后总算是找到了一个重要部门的凌局长了，得到了凌局长的出面。当时，秦又生也不知这凌局长是怎么和人家联系的。似乎是凌局长进了书房，打了一会儿的电话，就把儿子上重点学校和减免择校费的事，都搞掂了。

秦又生得到凌局长的出面，这事也很巧。很多年前，凌局长深入基层，深入群众，曾经跟随过省里的一个重要领导，到秦又生的家里同吃、同住、同劳动。那时，秦又生的父亲陈奂生已经不在世了。当时的凌局长，也还是一个大学刚刚毕业出来参加工作的后生仔。秦又生完全没有想到，转眼间，这个当年跟着省委领导跑前跑后的后生仔，居然茁壮成材了，成了一个举足轻重，掌握了重要实权的人物了。如果早知道有这样的一个重要关系，秦又生就直接来找这凌局长，也不用花费那么大的波折了。

　　秦又生在学校帮儿子办了手续后，出到学校门口的榕树根下蹲了很久，看着街上的车水马龙，人来人往。秦又生在想，这凌局长帮了我这么大的忙，我得有点表示才行啊。但这送礼，送些什么礼品好呢？秦又生绞尽了脑汁，也想不出送些什么好。后来，秦又生又听说，现在，还有谁要礼品？最简单的就是送钱了。这对秦又生又是一道难题，到底要送多少钱合适呢？送少了，出不了手，送多了，秦又生拿不出来，就是准备的那笔择校费，秦又生也是筹了很久才凑够了的啊。当然，在钱的问题上，秦又生与父亲陈奂生迥然不同。秦又生对钱从不吝啬，也从不心痛，该用的用，只要有需要，只要能够拿得出来，秦又生都是慷慨的从来没有吝啬过。四川地震，江西水灾，广西冰冻，哪一次秦又生不是积极地响应村委会的号召，踊跃地捐款捐物？秦又生现在就想，凌局长帮我减免了的那笔择校费，也算是赚了，不如就把这钱的一半送给凌局长好了，也算是还了凌局长一个人情了啊。本来，秦又生还没有上城时，就曾经设想过，只要能够搞掂了儿子上重点学校读书的事，即使是要交一笔择校费，也心甘情愿了。当然，如果能够减免择校费，那就更好了。现在，既然儿子上重点学校读书的事解决了，择校费也得减免了，所以，秦又生就想着要用这笔校费的一半钱去感谢凌局长了。秦又生这一想法，套村里人的说法，就是用蛇油炒蛇肉了。秦又生还想到，说不定什么时候，还要求到凌局长帮办很多事情呢。

　　秦又生的算盘打得很精，就这样地拿定了主意。在一个月朗星稀的晚上，秦又生扛上半蛇皮袋的红衣花生，到了凌局长的家里。

　　也许是"三同户"的关系吧，凌局长待秦又生很热情，一边亲自烧水泡茶，一边询问秦又生那事情办妥了没有。秦又生感激地说,托凌局长的福,都办妥了。凌局长说,办妥就好,办妥就好。凌局长拉住秦又生,坐了下来,边喝茶边聊。这时,秦又生有点和父亲陈奂生一样了,遇到领导,就不怎么会说话了。倒是凌局长兴致勃勃,不断地聊到了当年在秦又生家里"三同"的那些趣事,以及得到秦又生一家人的热心照顾。凌局长还详细地问到了村里很多老人的情况。秦又生告诉凌局长,一肚子古仔的谢三公和会唱很多爱情山歌的七奶奶,早在前几年就去世了。凌局长唏嘘不已。秦又生看看凌局长家里墙上的挂钟,时候不早了,怕影响凌局长休息,就把一个装了钱的信封放到了凌局长的茶几上,还有些不好意思地笑了笑,生怕凌局长嫌少和不高兴。

凌局长说,又生,你这是做什么?

凌局长以为,这秦又生肯定是知道我帮他儿子垫支那笔择校费的事情了,现在是把钱送来还我了。却没有想到,他帮秦又生的儿子垫支那笔择校费的事,秦又生仍然蒙在鼓里呢。待凌局长听了秦又生的解释以后,凌局长有点哭笑不得,很不高兴了。

凌局长说,又生,你是不是把我当作贪官了?是想害我丢了饭碗吗?

秦又生局促不安地说,我不是那个意思,我是不知道怎样感谢您才好,我只是想表示一点心意罢了。

凌局长说,又生,你别给我来这一套了,让你儿子好好地读书就行了。至于你的心意吗,我知道了,这钱你拿回去吧。

秦又生不肯把钱收回了。这钱,就在这俩人之间被推来推去。

秦又生想走,被凌局长坚决地拦住了,坚持要秦又生把钱和花生都带走。

秦又生不肯,一定要凌局长收下这点心意。就这样的拉拉扯扯后,凌局长发火了,说要打电话给学校,取消秦又生

儿子上重点学校的事算了。

秦又生一看凌局长认真了，脸也黑了，就有点怕了，不知如何是好了。

凌局长的心又有点软了，不想把帮垫支择校费的事再说穿了，又知道秦又生是个老实人，就缓和了态度说，这样吧，你从家里带来的自己种的花生，可以留下，我收了。但这钱，你就必须带回去好了。

秦又生说，那我约几个在市里工作的老乡，他们也帮了我很大的忙，如果不是他们，我也不知道您从省里下到市里来工作了，我也找不到您这凌局长帮忙了。我们就一起坐坐，叙叙旧，简简单单地吃个饭，以表示我的感激之情，这总可以吧？

凌局长急于拒绝秦又生的送礼，便随口答应说，好吧，好吧，到时再说。

秦又生也学会了和城里人一样了，伸手和凌局长握了握，然后，高高兴兴地离开了凌局长的家。

过了几天，秦又生果然约到了几个帮过忙的老乡，都是在机关里做事，有了一官半职的，虽然级别不大，但也是有点小小实权的。秦又生找了一家野味餐馆，定好了一个餐厅后，秦又生便高兴地打电话给凌局长了。

凌局长这天刚好有空，而且刚从领导的办公室里谈了话出来，心情舒畅，想到秦又生毕竟是不容易从乡下上城来一趟，加上不是公款吃喝，只是和秦又生的老乡们聚一聚，就爽快地答应了。

等到机关下班了以后，秦又生所约的老乡，该来的都来了，这也算是给秦又生一个很大的面子了。其实是，他们听说是凌局长也出席，所以，就都来了。他们知道凌局长的背景，也看到了凌局长的前景，他们都想提前和凌局长密切一下关系，以免以后有事时，是平时不烧香，临时抱佛脚。

秦又生呢，虽然对这市区不熟悉，但也不陌生，然在这城里请客吃饭，却是第一次。秦又生本来的设想，是儿子上重点学校的事解决了，原来准备给儿子上重点学校的择校费用，也免除了，本来是，想送点钱感谢凌局长，凌局长却不肯要，不如干脆就用这点钱来请大家出来聚一聚算了，这也算是一举两得了，或许今后的不知什么时候，还用得上这些老乡这些领导呢。从这也可以看得出，秦又生的小算盘比他父亲陈奂生打得精多了。

秦又生在心里盘算着，带来的这点钱，也不敢定在大宾馆大酒家。秦又生听说，市里有一家野味餐馆，很多人都爱到这来请领导吃饭。秦又生就定在这家很不起眼的土里土气的野味餐馆了，并点了几个野味菜色，都是山里人常能吃到的一些野味土菜。秦又生想，这些野味土菜，也许要不了多少钱。

待人都到齐了，秦又生征求意见说，喝点什么酒好？

凌局长说，都是你们老乡聚会，我看就不必客气了，随便，随便得了。

这正中秦又生的下怀。那些茅台五粮液的高档酒，或杜康红花郎的瓶装酒，秦又生是绝对不敢点的。听有的人说，在城里请客，最怕就是上酒水了，没个定量，有时搞得酒比菜贵哩。有的一瓶酒，就要一千几百块钱的呢。

现在，凌局长说，喝酒随便。有这随便，秦又生放心了，觉得还是凌局长好，凌局长体察民情啊。然而，话是这样说，米却不能这样放，酒，还是要上一点点的，所谓无酒不成宴嘛，如果没有几杯酒碰碰，哪还有什么气氛？

于是，秦又生就到了柜台去问服务员说，有些什么散装酒？

服务员头也不抬地说，没有。

秦又生刚一进到这个酒家时，第一个看到的和留下了第

山水之间
shanshui
zhijian

一印象的，就是这个服务员了。这柜台的服务员是个靓妹，长发披肩，细皮嫩肉。遗憾的是脸上没有笑容，靓是靓，却没有魅力了，但也看得出，这靓妹肯定是和男朋友闹别扭了。

现在，这靓妹一听秦又生问要散装酒，就马上知道秦又生是从乡下来请客办事又想省钱的，就有点爱理不理的了，但她毕竟是一个打工妹，也不敢过分得罪秦又生这个上帝，怕被老板炒鱿鱼了。

秦又生说，我是说，有没有本地蒸的米酒？

服务员说，我说了，没有，有泡酒。

秦又生说，是什么泡酒？

服务员说，泡蛇的，泡蛤蚧，泡海虾的。

秦又生知道，这些泡酒好，养生健体，延年益寿。

秦又生说，那就要泡蛇酒吧。

服务员说，这些酒都是量杯卖的，要多少杯？

秦又生说，一杯酒有多少？

服务员说，就是那种喝啤酒的玻璃杯，每杯有四两。

秦又生就和点菜时一样，怕被城里人看衰，就装出一副大老板的样子，也不问酒的价钱，就豪气地说，那就每人先上一杯吧。

秦又生却不知道，这些泡酒特别地贵，每杯就要几十块钱呢。

很快，乌龟炖汤上来了，菜也跟着上了，都是些土鸡、竹鼠、狗肉，海虾、豆腐、野菜。

接着，酒也上来了，玻璃杯里的泡酒，黄灿灿的透明得十分诱人。

凌局长和老乡们一看这酒，这汤，这菜，就觉得这个秦又生，还挺会点菜点酒的哪，为了儿子的读书问题，居然如此舍得花钱，不禁有点刮目相看了，都在心底里有点感慨了，现在的农村人，真的是富裕了，都有钱了。如果他们知道秦又生就是陈奂生的儿子，知道陈奂生当年为了五块钱的住宿费就心痛不已的故事，或许就更加感慨万千了。

这客是秦又生请的，然秦又生却又不肯坐在主席的位置。经过一番的推辞后，凌局长很无奈，只得坐到主席的位置上去了。在凌局长的提议下，大家开始举杯，碰杯，吃喝了起来。因是老乡聚会，私人掏钱，这酒就喝得毫无禁忌，有滋有味了，喝酒的气氛自然也是非常的热烈了。

酒过三巡，相互再敬了一轮酒过以后，秦又生也开始兴奋了，频频地呼叫餐厅的服务员不断地上泡酒。

没多久，凌局长出去接了一个电话，回来时打沙枪似的敬了大家一杯，说是有点事要先走了。

这凌局长一走，剩下的都是清一色的老乡，便更加无拘无束，更加放肆地喝酒了，还猜起了码来了。喝到最后，一个个的都喝得有点顶不住了，都摇摇晃晃地走了，就剩下了秦又生，要留下来结账买单。

这时的秦又生，也喝得有点迷迷糊糊的了。秦又生硬撑着，一摇一晃地到了柜台去买单。

结账的柜台上，仍是那个靓妹在当班，仍然是死板得没有一点笑容那张脸。这服务员拿着酒水菜单，用计算器笃笃地按了一会，就对秦又生说了一个整数，并说那些零头就不要了，也算是优惠了。

秦又生一听，七分醉意被吓醒了三分，有点不相信似的问这服务员说，你……你说什么？你……你以为是……是我醉了？和我开……开什么玩笑？

这服务员本来就是一整天的心里都不愉快，现在又遇到了秦又生这么个醉鬼的样子，突然想起了男朋友有时喝酒也是喝到了这个程度，禁不住心头有点儿火起了，精心描绘的柳叶眉也竖起来了，忍不住模仿着秦又生的语调说，谁和你开……开……开什么玩笑？谁有心情和你开……开……开玩

笑？

　　然后，这服务员又把酒水菜单和价钱数目再逐一地报给了秦又生，有点幸灾乐祸地说，这是开……开……开玩笑的吗？

　　秦又生感到有点天旋地转了，没想到这一顿餐费，竟比减免了的择校费，还多了一倍多，这算个什么事啊？

　　秦又生不知是被吓昏了或确实是更醉了？双腿发软，呼地就坐到地上了……

蚀本的稿费

唐吉的处女作《意外》，在《沿海潮》上发表了。唐吉激动得好几个晚上都睡不着，就像当初妻子生了儿子似的。

没多久，稿费到了，唐吉兴冲冲地把汇款单给了妻子。妻子用眼角一瞄，就掷还了唐吉，讥讽地说："就这么几个钱？还不如我卖一个金钱石龟仔呢！你知不知道？现在刚出蛋壳的一个金钱石龟是多少钱吗？700多块钱一只了！"

一盆冷水泼下来，唐吉的脸僵住了，这没文化的女人，我当初怎么就看上她了？这稿费虽然不多，区区30元钱，然而，对于唐吉来说，已经不是钱多钱少的问题了。唐吉弯腰拾起稿费汇款单，醒目地放到了书桌上，每天起床，唐吉就瞄一眼，一直舍不得到邮局去取。挨到近两个月还差一天，这汇单就要过期了，唐吉才开了小车，到了邮局。

邮局的营业厅里，来办汇款寄包裹的人很多。唐吉在大厅里晃来晃去，磨磨蹭蹭，东张西望，引起了保安的警觉。保安走了过来，问唐吉要办什么事。唐吉晃了晃手里的汇款单，有点瞧不起保安似的说："领稿费。知道什么是稿费吗？"在唐吉的眼里，保安都是没文化的。保安笑了笑，明确地告诉唐吉说，取号排队。唐吉这才去刷了一个排队的号码，然后，去找了一个位置坐了下来，候着。

窗口的营业员办事很慢，效率很低，等候的人都吱吱喳

喳地很不满意。唐吉却一点也不焦急。这张汇款单，在唐吉的手里哪怕是多放一秒钟也好。唐吉在想，这稿费，不是什么人想领就领得了的，今天能到这大厅里来领稿费的人，绝对是没有的了。

眼看就要下班了，还轮不到唐吉，唐吉依然很高兴。喊到唐吉的号了，唐吉慢吞吞地到了 3 号窗口，有点不舍地把汇款单递了进去。唐吉先是看到了女办事员的微微一笑，然后，又看到了女办事员的眼神一亮。唐吉不禁有些得意了，这姑娘一定是个文青，肯定以为我是个大作家了。很快地，女办事员把钱递给了唐吉，还捧上了甜甜的一笑。唐吉也骄傲地笑了笑。

唐吉捏着这薄薄的 30 元钱，心情愉悦地步出了邮局的门口。唐吉走到停车的地方，正要打开车门时，突然看到了车门的拉手玻璃上，贴了一张纸条。唐吉低头一看，有点傻了，原来是刚才太高兴了，没注意到停车的地方标了禁示，停车违章，挨罚了。这张罚单，要 300 块钱呢。

唐吉狠狠地撕下了罚单，坐到了驾驶座上，原先那愉悦的心情一下子就被破坏掉了。排了半天的队，领了 30 块钱，现在，却要挨罚 300 块钱了，这算个什么事啊？唐吉就这样懊恼地想着，挂上倒挡，脚踩油门，"呼"的一声，小车的屁股震响了。唐吉刹车下来一看，原来是与后尾转弯过来的一辆红色宝马吻上了。

唐吉正要发火，抬头一看，眼前站着的却是一个亭亭玉立的窈窕淑女。唐吉无可奈何地笑了。而靓女却是一副可怜巴巴的样子，却没责怪唐吉，说这虽然是唐吉的责任，但知道唐吉也不是故意的，好好商量一下，私了算了。唐吉遇到了这么一个靓女，先就心软了，且是违章停车，倒车不注意，也是活该倒霉。靓女如此通情达理，唐吉有什么好说的？结果是，唐吉心甘情愿地赔了 900 元钱给靓女。

回到家了以后，妻子发现唐吉的车被撞坏了，就问唐吉是怎么回事。唐吉沮丧地说了实情。妻子气恼地说："稿费，稿费，你搞什么搞啊？你这不是搞败财了吗？还有啊，你撞个什么靓妹？我看你是撞了鸡妹了！是故意的吧？你！是不是想和人家撞出个什么火花来了？要不，怎么一下子就给了人家900块钱了？居心叵测！"

妻子的数落，让唐吉的心情糟透了，忍不住气恼地咕噜了一句说："钱！钱！钱！你的脑瓜里整天塞满的就是个钱！这钱算个屁啊？我如果是和人家撞出个什么火花来就好了！"妻子一愣，大声地说："哦嗬，你说什么？你再说一遍！"唐吉不敢哼声了。

晚饭后，唐吉书不看，字也不写了，就捏着个遥控器，频繁地换频道，无精打采地游览电视节目，却什么也看不进去。突然，一条本市新闻引起了唐吉的注意，原来唐吉艳遇的那个窈窕淑女，竟然是个碰瓷的骗子！唐吉一下子就从沙发上弹跳起来了……

天网底下的约会

　　图豪集团的总经理孙莉利很有本事，可以随时掌握到县长梁大山的行踪。

　　忙得陀螺似的县长梁大山，刚返回到县城的路口，就接到了孙总的电话。

　　"孙总您好！有什么事要我服务？"

　　"啧啧！梁县长就是会说话，一开口就是服务！这话说得就是有水平！用你们领导的话来说，领导就是服务，服务就是领导！我说县长领导，您有空接见一下我吗？"

　　"呵呵，孙总不愧是个女中豪杰！人又美嘴又甜！孙总您说吧，是什么事？"

　　"电话上不好说！见个面吧！见面再说！"

　　"孙总您看，这离过年也没几天了。这几天，检查布置安全生产，督促部署维护社会稳定，到下面去走访慰问……我忙得头都晕了！您的事情，如果不急的话，能否过了年后再说？"

　　"梁县长，我知道你忙！我明天就回老家过年了，机票我也订好了。我不会耽误你很多时间的，见一下，聊几句就行！"

　　孙总的话既然都说到这份上了，梁县长觉得已不好拒绝。这孙总是图豪集团的女老板，是县里年初招商引资招来的金凤凰。巢还没筑好，如侍候不当，这金凤凰随时都可以呼地飞走的。说实话，现就县里的发展来说，这孙总就是衣食父母，就是上帝。

梁县长朝车外瞄了一眼，脑子一转，便爽快地应承了："好吧，我刚从乡镇慰问回来，正好回到了行政中心的广场旁边，我就在这里等你吧！"

"这太好了！不见不散！"

梁县长从车上下来。春节前夕的行政中心广场，悄然地披上了节日的靓装。市政部门已在一些夹竹桃树、木棉树、榕树上，挂上了一串串的小灯笼，给腊尽春初的广场，增添了春意盎然的亮色。

没多久，一辆红色宝马停在了梁县长面前不远的绿地旁边，如一簇火红的鲜花开在草原上。

从车上下来的孙总，打开了车后厢，磨蹭了一下，拎出了一个商场购物的那种纸提袋。

袅袅婷婷地走过来的孙总，穿着枣红色的时尚套装，风姿绰约。到了梁县长的面前，孙总把那纸提袋递给梁县长说："一点小意思，不成敬意！"

梁县长却没有伸手去接："孙总！你不是说有什么事吗？"

孙总晃了一下那个纸提袋说："这不是事吗？"

梁县长明知故问地："孙总，您那么急着找我，就为了这么一件小事？"

孙总笑了："是啊，大事梁县长都帮我办妥了，剩下的就是小事了。要不，我们来个什么事好？比如……去吃个饭，喝杯酒？"

"呵呵，不必了！"梁县长把双手举了起来。在这走南闯北商海沉浮能说会道的靓女老总面前，梁县长甘拜下风，有些不好意思地举了白旗。

孙总倒是落落大方："好了！我也不想过多地打扰梁县长。

我那项目用地的拆迁难题，得到梁县长的大力协调，算是顺顺利利地搞掂了，我也可以开开心心地过个年了！过了年后，我就开工建设。为了这摊事，我得好好地感谢梁县长！"

孙总说后，又把那个纸提袋递过来给梁县长。

梁县长把双手交叉地抱在了胸前，他非常明白孙总的意思。在这年近春节，孙总拎出这么一个看似简单的纸提袋，肯定是不简单，在这小意思里肯定不是个小数目。这时，梁县长想起了一个老领导的特别提醒：坐在县长这个位置上，你的价值不是老板送了多少钱给你，而是你一旦收了老板的钱，你这人也就一钱不值了。

梁县长淡定地笑了："多少？"

孙总一怔，也不知梁县长这是什么意思。孙总这是第一次与梁县长打这样的交道，还弄不清梁县长的路数。这次出手，无非是趁这春节到来，探探路，摸摸底而已。没想到梁县长一下子就会如此地直截了当。孙总感到有些措手不及，避实就虚地打了个哈哈，笑着说："什么多啊少啊的呀！梁县长不会是嫌少见笑了吧？"

梁县长说："呵呵，孙总看您说的，我是这样的人吗？孙总，您给我说句实话，在你们这些老板的眼里，我这县长到底值不值钱？"

孙总莫明其妙地笑了："梁县长您这话说得，什么意思啊？"

"孙总，我的意思很明白，您是个干事创业的企业家，是个外来投资者，你赚的每一分钱，都不容易啊！"

"哟，梁县长，您这么一说，我心里着实感动了……"

孙总满脸春风地说，但心底里仍是感到梁县长的话里有话，便又紧接着说："梁县长，你可千万别介意，我心里有数……"

梁县长挺了挺腰杆说："呵呵，孙总还是没有明白我的意思啊！我看这事就先到此为止了吧！孙总，您明天什么时候走？看我能否有空送一下您？"

"哪敢！梁县长是个大忙人，今天能够如此接见我，我已经是非常感激不尽了！"孙总说着，转身就想把那纸提袋干脆放到梁县长的车上去。但还没及移步，就被梁县长伸手拦住了。

梁县长诚恳地笑了笑说："孙总，您的意思我明白，但我的意思您始终是没有理解！孙总您不妨想一想，我为什么特地定在这里和您会面？这行政中心广场，是个天网监控的区域，在110的监控平台里，我们这里的一举一动，都是一清二楚的哦……"

孙总悚然一惊，也终于恍然大悟梁县长的良苦用心！孙总情不自禁地往天上看，天很高，也很蓝……

明天调来个大学生

"叮铃铃……"电话铃响。

县委办公室的吕副主任拿起了听筒："喂！是的！哪里啊？组织部？哦，部长！调个干部来？太好了！什么？是个大学生？怎么调个大学生来？哈哈，不是那个意思，是说初出茅庐……在基层锻炼过？这……唔，好吧！好！好！"

"咔嚓！"吕副主任摔下了听筒。

"吕主任，什么时候来？"正在校对文稿的打字员符萍抬头问道。

"明天来！"吕副主任没好气地答道。

"男的还是女的？"

"男的！我给你牵线吧！"

"哼！谁求你牵线啦？"符萍收拾好东西，噔噔噔地往外走了。

吕副主任心里笑了：这符萍，听说要来个大学生，心就动了。也难怪，如今的妹仔找对象都爱拣有"牌子"的了。现在，文凭是个宝，提职调资少不了，有"牌子"的吃香！如果我老吕也有这么一张"牌子"，何止还是个副主任？

想到这里，勤杂工出身的吕副主任好不感慨！前些日子，主任提调了，他暂代正职。这时，一个新的希望，在他眼前点燃……为了铺平晋升的道路，他竭力排除一切潜在威胁的因素——把那个颇具竞争力的肖秘书举荐到一个边远的乡镇去任书记……谁知，"拔"了个中专生，却调来了个大学生！偏偏，又在县委一把手调来不久，人事安排正待调整的时候，给办公室调来这么个大学生！这可非同寻常呀！办公室是个"一朝天子一朝臣"的地方！莫非，这新来的县委一把手，要对办公室的人马更新换代？如果这样，那大学生定是来坐这办公室的第一把交椅了！

如此一想，吕副主任感到心在往下沉。他揉了揉隐隐作痛的额角，心烦意乱地推开面前的文稿，又怔怔地盯着茶缸里冒出的丝丝热气。这个大学生，与书记是什么关系？

……

"吕主任，还没走呀？"符萍喊道。

"啊？"吕副主任从沉思中猛然吓醒，下意识地抬起腕上的表，茫然地说，"下班了？"

"嘻，早就下班啰！我的小皮包忘了取。返来拿，发现你还在这里。"符萍说，她感到奇怪，迟迟不下班，这对吕副主任来说，宛如天方夜谭！在大院里，谁不知道吕副主任的怪癖，总是提前十分钟上班，决不拖延一分钟下班，下班的钟一响，哪怕是他正拟着的文稿只差最后一个字，或最后一个标点，他也要留待第二天上班时才补上……然而，他今天怎么一反常态？

符萍疑惑地说："吕主任，构思大报告？"

"没……没有。"吕副主任苦恼地笑了笑。

"噢！你的脸色好难看！病啦？要不要打个电话叫辆车来？"符萍说着，就向电话机旁走去。谁知她是真关心，或是寻机报复？

吕副主任忙一手压住电话机，烦躁地挥着手说："去！去！看你这咋咋唬唬的样子，怪不得总拍不到男朋友！"

"哎唷！你这吕主任！怎么总担心人家找不到男朋友？明

104

天不是要来个大学生吗？哼！我就找他给你看！"符萍歪着头，不服气似的说。

"他？"

"对！就是他！"

"怎么？你认识他？"吕副主任顿感愕然。

"相爱何必曾相识？"符萍咯咯地笑了。没待吕副主任醒悟过来，她又说了声："拜拜！"手一扬，走了。

"捣蛋鬼！"吕副主任气恼地摇了摇头，沮丧地拎起黑色公文包，往外走。边走边筹谋：唉，晚上得串串门，搞清那个大学生的来龙去脉，以免明天措手不及……

散文

站在桥上看风景

　　也许每个人都有收藏的爱好，有人收藏字画，有人收藏酒瓶。而这些爱好，绝没有高雅与低俗之分。不久前，我在整理书房时，偶然翻出了收藏的明信片，才记起了我曾经有过这样的爱好。我一边翻着这些收藏，一边重温这些明信片所曾给予过我的快感和美的享受。突然，一张印刷精美的风景明信片，仿佛一亮地冲击着我的视觉，勾起了我强烈的冲动和向往。

　　这张明信片上的风景是驰名中外的侗族风雨桥。当我抚摸着这小小的明信片时，我内心深处隐隐有些遗憾，多年来，我曾经穿州过省，到过很多地方，却没有到过柳州的三江，没有亲眼看过这座被誉为世界四大历史名桥，这座浓缩侗族文化精华，历经百年侵蚀的侗族风雨桥。

　　心灵的世界有时很奇妙。我这心念一动，事竟成了。没多久，我就有了机会涉足漫步在向往已久的侗族风雨桥上。但时至现今，我已不必对这侗族风雨桥的古往今来再作过多的描述。因为这么多年来，侗族风雨桥上的点点滴滴，不知进入了多少人的记忆和相册。

　　然而，一千个人的眼里肯定有一千个哈姆雷特。我想说的是，当我从侗族风雨桥上走过，我看到的却是另一样的风景。我看到很多人都是流连忘返在程阳永济桥上，或是精心

做作地在永济桥上摆姿留影。很多学习画艺的大学生，也是单聚在那永济桥上写生。而过了永济桥后，还有一座靠近侗族寨子的合龙桥，却显得冷冷清清，很少有人停留光顾。这是怎么一回事？是"黄山归来不看山"，永济桥后不看桥了吗？可据历史记载，1916年建的永济桥，距今才九十多年，而1814年就建了的合龙桥，距今却近两百年了啊。而且，合龙桥还有一个凄美动人的传说：一对新婚不久的恩爱年轻夫妇过桥，河底却突然刮起一阵狂风，原来是河里的蟹精看上了那女子，一下就把那女子卷走了。丈夫急得在河边大哭，想投河陪妻而去……哭声惊动了河底的一条花龙，花龙深深为男子的痴情感动，于是飞跃而出，施法将蟹精击杀，救出了女子，让这对恩爱夫妻重聚。后人为感念花龙，就将河上那座小木桥改建成了画廊式的合龙风雨桥了。当今，我们在桥上的柱子还可看到刻有花龙的形象。而这么一座有历史有故事的合龙桥，为何还比不上后建的永济桥更著名更吸引游人呢？或许，这合龙桥过于苍老残旧，没有永济桥的年轻靓丽，绰约风姿？没有郭沫若老先生的欣然题诗？

　　合龙桥上的冷清寂寞，让我不忍心对她冷落。我情不自禁地在桥上驻足逗留。我轻轻踏着这两百年来不知有多少人走过的古桥木板，抚摸着那粗糙古旧的木桥栏杆，仰望木桥瓦檐黯然失色的雕花刻画，凝视着在桥上憩息老人的苍绉脸孔，遥想当年那对年轻夫妇的凄美传奇，远眺桥外那些悠悠转动的水车，再看那依山傍水，鳞次栉比的侗家吊脚楼，我浮想联翩，神思穿越古今纵横，漫无边际地游弋在那些眼里看得见的风景和用思考的视觉才看得见的风景……

　　记得有诗曰："你站在桥上看风景，看风景的人在楼上看你。"当时的我，也许就是如此吧。我站在这合龙桥上很久很久，我看着那些游了永济桥后，对合龙桥已是不屑一顾而匆匆走过的游人，我突然在想，为什么人们只热衷于永济桥而冷落了合龙桥？是这合龙桥已被永济桥的首当其冲和魁伟炫目所掩蔽了吗？如是，我们人生中也不例外啊，很多善美精彩往往也是被那些虚光耀眼的印象挡在背后了。莫非这为民遮风挡雨，历经百年沧桑的合龙桥，还有如此深刻的寓意？我想，也不一定吧。对于侗族风雨桥所积淀厚重深沉的历史底蕴，对于当代人文旅游的真谛，那不过是仁者见仁，智者见智，见山是山，见水是水罢了。真正值得我们探究寻思的是，很多人对于旅游，多是"上车睡觉，下车尿尿，到了景点，拍了个照，回去后什么都不记得了"。根本不在乎什么水光山色、人文历史、民族风情、哲理启迪。如此还好，"煞风景"和令人难以容忍的是，一些柏杨先生所谓的"丑陋的中国人"，在国内外旅游还留下了故宫铜缸"到此一游"、爬华尔街公牛雕塑拍照、在卢浮宫水池泡脚等诸多不文明的劣迹行为。我不知这些人所游历追寻的是什么。是好玩虚荣，满足于"到此一游"，或是借此"成名"，想流芳千古？

　　如此一想，我似感释然，人在旅途，多是匆匆过客，他们之所以热衷永济桥而冷落合龙桥，也就不足为奇了。

醉在"醉翁亭"

　　不久前，我路过安徽的滁州，突然想起，这个地方似乎有个琅琊山，山里有个醉翁亭啊。我何不趁此机会，了却一个心愿？于是，我挡不住这名山古迹的诱惑，毅然拐了进去，试图沿着古人的足迹，重温《醉翁亭记》。

　　然而，当我走进了琅琊山时，我却感到有些失望了。这里的山与我们的六万山、十万山比，是小巫见大巫了。我几乎没有看到"环滁皆山也"，也没有听到"水声潺潺而泻出于两峰之间"。遥想千年，岁月悠悠，我们是否都被醉翁的笔墨忽悠了？我唯一寻找到的理由是，千年过去了，当今的滁州当然不是当年的滁州了。尽管是山沟依旧，然而星移物流，少了潺潺的溪水也属自然的了。就如当年的欧阳先生"山行六七里"，走的是山石小路，蜿蜒崎岖，人少烟稀，而现在，我们走的是宽敞的石板大路，路上的行人也多了，有扶老携幼，有情侣相依，或匆匆疾走，或闲庭信步，还有的呼朋喊友，争相拍照……如果说，这里还有些与千年相似，也许就是路边的丛林古树了，依然是晦明变化，曲径通幽，依然让我们感受得到"若夫日出而林霏开，云归而岩穴暝，晦明变化者，山间之朝暮也。野芳发而幽香，佳木秀而繁阴"……

　　《醉翁亭记》是唐宋八大家之一欧阳修的大手笔，是中国古典文学的一座高峰。有些人虽然没有读过，但偶然也会冒出一句"醉翁之意不在酒"。如此经典的散文名篇，绝不是临摹的地理方志，当然是有实有虚。经典的散文创造的是深邃的意境，给予我们的是如诗如画的审美享受。如此一想，我顿觉释然了，《醉翁亭记》的一字一句又在我的心底里缓缓地流淌。我沿着林荫古道，一边散漫地欣赏，一边竭力印证欧阳先生的行文意境。虽然我没有看到"环滁皆山也"，但恍然间我却想到了这样一个传说，当年的僧人智仙筹资建成了醉翁亭，还没名称。应酬过后的欧阳先生，乘兴醉意，吩咐拿来了"文房四宝"，"醉翁亭"匾便一挥而就。尔后，又写下了《醉翁亭记》，遍贴滁城门楼，恳请市民修改。后有一樵夫说："开头这山那山啰唆"了，"虽然写了不少山名，但仍有许多山头被丢"了。欧阳先生闻言提笔，把原来开头的一段全都涂掉了，就剩下了五个字"环滁皆山也"。这传说也不知是真是假？却也成了后人习诗弄文的典范。当我想到了这一传说，顿时对文章的修改和作文的精粹又有了更深切的感悟。

　　"峰回路转，有亭翼然临于泉上者，醉翁亭也。作亭者谁？山之僧智仙也。名之者谁？太守自谓也。太守与客来饮于此，饮少辄醉，而年又最高，故自号曰醉翁也。"我的思绪情不自禁地跟着欧阳先生的吟咏，踏进了醉翁亭里。然而，让我又没有想到的是，这琅琊山里的醉翁亭，也已经不是智仙所建的醉翁亭了，现在的醉翁亭是清光绪七年（1881年）全椒人薛时雨重建。还有，我所看到的醉翁亭，也没有想象中的规模，没有画栋的雕梁，只是一个非常普通又非常简陋的亭子罢了，虽然是绿荫环抱，但却非常局促地蜷缩在山边的一个小小的院落里。亭边有一块据说是南宋时镌刻篆书"醉翁亭"的青石，倒还恰似欧阳先生的醉卧之态。亭栏、亭柱斑驳残旧，还算得上是岁月侵蚀的印痕。亭子的上方，有一块古铜色的额匾，"醉翁亭"三个大字异常的飘逸挺拔，是苏轼所题。我品读着亭中柱上悬挂的一副楹联："饮既不多缘

何能醉，年犹未迈奚自称翁"，恍惚间，我犹见欧阳先生在此把酒临风，淋漓千古，醉意兴浓……我伫立亭里，恰好一阵微风吹过，让我仿佛闻到了千年的酒气墨香。我蓦地在想，虽然这个亭子不是当年的那个亭子了，但是与不是又怎么样？曾经发生在这里的故事，欧阳先生在此写下的篇章，难道还不足以让我们沉醉吗？虽然这个亭子不是当年的那个亭子了，但我看到的这个亭子，既不孤单，也不荒凉，还有亭前的那些石板，已不知被多少脚印磨成铁亮了，或许还会有更多的人来到这里，肃然拍照，端庄留影。在这些人中，也许有的根本没有读过《醉翁亭记》，然而，就因为他们的这种冲动，也许就是对欧阳先生的由衷敬意……

于是，我围着这亭子走了数圈，选了多个角度拍照留念，此刻的我所感受到的是，这座号称为中国四大名亭的第一亭，或许代表的不只是一个古老的建筑，一个著名的古址，其实代表的还是一篇经典的美文，一代杰出的文豪。因此，我在亭里凭栏凝思，默默重温《醉翁亭记》，用心体会欧阳先生的"醉翁之意不在酒，在乎山水之间"。著名文化学者于丹说："中国人的山水是一种观念，山意味着道德的坚守，水意味着一种智慧的流动。"这种观念，也许对欧阳先生来说，我想是最贴切不过的了。欧阳先生仕途坎坷，失意却不失志，寄情山水，消融民乐，以"醉"寓"醒"，这就是一种山水观念，一种文化姿态，一种人生方式。"已而夕阳在山，人影散乱，太守归而宾客从也。树林荫翳，鸣声上下，游人去而禽鸟乐也。然而禽鸟知山林之乐，而不知人之乐；人知从太守游而乐，而不知太守之乐其乐也。"

我就是如此行走在琅琊山中，留恋在这醉翁亭里，感受那千年的文化气息。我沿着这古人的足迹，重温了《醉翁亭记》，再次感受到了欧阳先辈的诗意人生，感受到了大文豪从容淡定的达观情怀。

陋巷深深隐沧桑

　　湖南多名胜。一提湖南，很多人首先想到的也许就是韶山、凤凰、张家界和岳麓书院了。恐怕很少有人注意到，在长沙城内的一条太平街小巷，还深藏有一个贾谊故居。湖南多名人，数不胜数。我们最熟悉的，是屈原、曾国藩，是毛泽东、刘少奇，是沈从文、丁玲。我不知道，有多少人能够想得到，被毛泽东誉为"英俊天才"的贾长沙？有人说，湖南因为有了屈原、曾国藩、毛泽东这些人物的光芒太强烈了，使得贾谊这一"英俊天才"在长沙也显得有点黯然失色了。此话不知是真是假。对于这些湖南的名胜俊杰，我是没有什么考究的，我只不过是因为一次偶然的机遇，到了长沙，到了贾谊故居，我才突然串起这些想法罢了。

　　头一天，还是阳光灿烂。次日一早，当我要按计划出行，要去寻访贾谊故居时，天却下起大雨来了。我不知这是否天意？但这并没有让我放弃行程，反而增添了我拜谒贾谊故居的诗意。我撑着雨伞，踏着雨水，沿着太平老街，找到了贾谊故居。贾谊故居坐落在长沙繁华市区一条叫作太平老街的深处。凡到这里来游览的人，都先在这门前留个影。这也是当今旅游的一大通病了。虽是雨天，慕名而至，怀古之意，我就不能免俗，跟着也在这鸿儒故居的大门前"咔嚓""咔嚓"了一通。然后，我才发现，大门顶上的"贾谊故居"，是赵

山水之间
shanshui
zhijian

朴初老先生所题，而大门两旁预留对联的位置，却是一片空白。

　　贾谊故居始建于西汉文帝年间，是时任长沙王太傅贾谊的府邸。两千多年了，历经了六十多次的重修。现在我们所看到的贾谊故居，已经是二十世纪九十年代重修的了。除了古井尚在，古碑尚存外，其余的都是"克隆"过的了。贾谊故居，被誉为"湖湘文化的源头"。然到这里一看，我却有点疑惑了，游人寥寥，门可罗雀。而在故居的对面，却是一间装饰得古不古、洋不洋的商场，游人熙熙攘攘，都在争相选购当地的特产。在这里，名人似是不如名产了。

　　进入贾谊故居院子的左边，有一口双眼的水井。据说这是贾谊所掘。杜甫的诗列于井两侧的亭柱上："不见定王城旧处，长怀贾傅井依然。"这口双眼水井，或许就是贾谊的双眼，千年不闭，穿越时空，默默地观看着这世界的变迁？

　　在贾谊故居，我重温了《过秦论》《鹏鸟赋》《论积贮疏》，字里行间，是贾谊的梦想激扬，是鸿儒的跌宕人生，但我没有贾谊的那么多忧国忧民的情怀，我只是突然又想起了做中学生时，总为这些名篇的古汉语释义，而大伤脑筋。这时，我的身后来了一对大学生模样的恋人，正在悄悄地争吵闹别扭，没多久，这对恋人却安静下来了，或许他们怕吵扰了先人贾谊，或是被贾谊的文采故事感动醒悟了？后我走到了一个转角处，又遇到了这对恋人，我发现他们已经和好，且更加亲密了。是啊，我突然在想，人生处在当今的时代里，还有什么好争好吵的呢？贾谊前辈，生不逢时，命运多舛，不只是一生坎坷，死后魂灵还有灾难。就这一贾谊故居而言，屡建屡毁，屡毁屡建。据记载，光绪元年，曾大兴土木，增建了清湘别墅、怀忠书屋、古雅楼、大观楼等，却又不幸毁于一九三八年的长沙大火，荡然无存了。后复建贾祠，砖墙设龛，龛内供木雕描金贾谊坐像一尊，然在"文革"期间，像又被盗，至今下落不明。

雨中幽静的贾谊故居，氤氲英俊天才的魂灵。淅沥雨中，我徜徉在贾谊故居的庭院里，时而伸手接着屋檐的雨水，时而驻足瞻仰，时而欣赏碑文，时而在烟雨中寻找千年岁月的沧桑。这陋巷，这故居，深刻了贾长沙的点点滴滴，记载了贾太傅以天下苍生为己任的梦想，以及纵有雄心千尺，才情万丈，终因权臣不容的遭遇，还有挥写《吊屈原赋》的悲愤，长叹"可怜夜半虚前席，不问苍生问鬼神"的遗憾，留给我们的全是道不尽的遐想。庭院里的碑刻，多是黑色的，唯有一块大石头，是灰白色的，在这庭院中特显眼，那石上镌刻了贾太傅的大政之句："民之治乱在于吏，国之安危在于政"……这时，我想到了鲁迅先生所言："沾溉后人，其泽甚远。"

淡泊润沧浪

　　很多人都知道，苏州有个沧浪亭，是苏州的四大名园之一。在苏州，我到过留园，到过拙政园，却没到过沧浪亭。今年初春，我到沧浪亭了。这次，我慕名而至，却没想到，这沧浪亭很小，与其他园林比，简直是一个微缩版本罢了。但见一个亭子，一堆怪石，几棵古树，几间旧屋，就是什么看山楼、清香馆、明道堂了。怪不得古人能言："山不在高，有仙则名，水不在深，有龙则灵。"我在遥想当年，这沧浪亭处于荒郊野地，肯定是鹤立鸡群了，而现在的沧浪亭，已经处于闹市，似乎就显得有些委屈，有些不起眼了。我游沧浪亭时，虽然正值新春佳节，但依然是游人寥寥，有点冷清。

　　冷清也好啊，冷清不正体现了沧浪亭的清冷境界吗？冷清也恰好让我静心地欣赏沧浪亭。寻根追古，这沧浪亭，本是失意的诗人邂逅了落寞的山水，原主人、诗人苏舜钦就不必说了，还有很多的文人墨客，都曾经在此弈棋、观景、赏月、吟诗、感怀，甚至连林则徐在苏州时，也常与前辈、好友在此相聚，品茗吟诗。或许，这沧浪亭越是冷清，似乎越是接近其本意吧；或许冷清，也意味着清贫吧。所以，"沧浪之水清兮，可以濯我缨；沧浪之水浊兮，可以濯我足"，这就是沧浪亭的真实写照了。我站在沧浪亭前，欣赏亭柱上的一副名联："清风明月本无价，近水远山皆有情"，体味到这沧浪亭肯定是醉翁之意不在酒，在乎山水之间也。据说，在二百多年前，《浮生六记》的作者沈复，曾经携妻在这亭子里看过，坐过。这时，我在想，那是名人，那是大雁，是雁过留声，而有很多普通人，是无名之辈，是鸟过无痕。所以，这千百年来，其实是已经不知有多少人，有多少对夫妻在这亭子里看过，坐过了。

我在沧浪亭里的庭院转了一圈，突然觉得，曾经处于荒郊野地的沧浪亭，当今陷入闹市之中，却又似乎有了"大隐隐于市"之意了。不管怎样，水，始终是沧浪亭之魂，荡涤很多人的心胸；山，始终是沧浪亭之骨，是"近山林"之本质；而竹呢，也许就是沧浪亭的最终寄托了。

迎春花、苦菜花、牡丹花、玫瑰花、荷花、菊花、桃花、梅花、梨花……有人可以一口气说出百花，千花，但你是否可以一口气地说出黄竹、青竹、丹竹、毛竹……百竹、千竹？

在这沧浪亭的后院，种有很多竹，有紫竹、斑竹、矢竹、金明竹、麻衣竹、橄榄竹、龟甲竹、罗汉竹、花秆毛竹、安吉京竹、长叶苦竹、黄秆乌哺鸡竹……在这沧浪亭里，很多竹子，我还是第一次见。据说，全世界的竹类就有1200多种。古今庭院，也几乎是无园不竹，居而有竹。我不知这沧浪亭后院的竹子，是当年主人居时就已经亲手种有，或是后人修缮才"画蛇添足"所植？我当时没有在意和考究，仅是匆匆拍了一些照片，就与这些竹子擦肩而过了。过后，我感到后悔了，所谓竹子，可是经冬不凋的岁寒三友啊，是清高之物啊，是虚心、纯洁、高雅、有节之气啊，有多少文人雅士，颂之咏之，叹道"不可一日无此君"，然我，却怎么就偏偏忽视了呢？且我是在沧浪亭忽视了的啊。我游沧浪亭时，正值一场大雪刚过，满园竹子，依然碧绿如常，亭亭玉立，这是何等的生命力啊。在这寒冷时节，万木都萧索了，唯有此竹，尚给我们增添了无限的诗意和春天的希望。也许，这就是沧浪亭的意蕴所在吧？

shanshui
zhijian

涛声远去的千年笑脸

苏州的园林典雅，文化深厚，对于很多人来说，是非常熟悉和非常了解的了，如"上有天堂，下有苏杭"，"月落乌啼霜满天，江枫渔火对愁眠。姑苏城外寒山寺，夜半钟声到客船"，以及《涛声依旧》，都让我们很多人想到了虎丘、枫桥、寒山寺的千年风霜，想到了留园、拙政园那些"昨天的故事"和"许多年以后的改变"。也许我们有些人没有想到的是，在那历史悠久的苏州，还有一个名叫木渎的古镇，迄今已有 2500 多年了，却依然"保存着那张笑脸"。

说实在的，如果不是女儿女婿的极力推荐，我也是根本没有注意到苏州还有这样一个"吴中第一镇"，我也不会了解到，这木渎还是一个"秀绝冠江南"的古镇。我更不会在一个车水马龙不经意间就会遇到堵塞的黄金周里，冲动地去凑了一个热闹，到了苏州，游了木渎。

据媒体报道，去年金秋时节的黄金周，很多著名或不著名的风景名胜，都是车流堵塞，人山人海，如进出故宫的游客流量，有一天居然达到了 14 万人之多，以至人们拥挤得都看不到地面了。而在木渎，我看到的景况却是出乎意料的有点冷清，我不知是很多人已经到过了，或是这古镇并非名副其实？

我沿着木渎古镇的小河柳岸，忘掉了公务的烦恼，放松身心地徜徉在木渎古镇的老街古巷。山塘街上的"严家花园"，最初是清乾隆年间苏州大名士沈德潜的寓所，后是木渎诗人钱端溪的院落，最后成了木渎首富严国馨的"羡园"。这座园林，历经三代主人，前后历时200多年，岁月沧桑，人文蓄积，被现代著名建筑学家刘敦桢教授称为"江南园林经典之作"。离这"严家花园"不远，是被称为乾隆皇帝下江南时的"民间行宫""虹饮山房"。据说乾隆皇帝下江南六次到木渎时，都到这"虹饮山房"里来游园、看戏、品茗、吟诗。在木渎古镇的下塘街，有一座典型的江南宅第园林建筑风格的"榜眼府第"，是林则徐弟子晚清启蒙思想家、政论家冯桂芬的故居。"榜眼府第"占地近10亩，以一个荷花池塘为中心，厅、轩、廊、榭、桥、假山、古树，漫不经心地散落其间，一砖一瓦，一石一木，无不渗透了主人晚年爱恋家乡和向往恬淡生活的情愫，蕴含了凝重的历史文化和充满了诗情画意。在这"榜眼府第"里，我读到了清代诗人张船山的一副对联："官久方知书有味，才明敢道事无难"，即刻感受到这副对联，是那么贴切地归纳了冯桂芬坎坷的一生，道出了冯桂芬晚年的心迹，同时让我们领悟到了很多深刻的人生哲理。

我行走在这江南古镇里，其实是在穿越着2500多年的历史。我看那山、那水，那河中逶迤慢行的小船，那沿岸而建的老街，那爬满藤蔓的石拱桥，那飞檐翘角的老房子，还有那构思精巧的典雅园林，都是那么如画、如诗、如世外桃源。最让我感动的是，这里的一切，似乎都在对我说，你来或是不来，我们都在这里默默地等着你，而且迄今已等了2500多年了。现在你来了，品一盏香茶，听一曲评弹，赏一镇的美景，觅一段美好的时光吧。

回想我到过的古镇不多，在区内，我仅到过黄姚古镇；出区外，我也只是到过云南的丽江和湖南的凤凰。莎士比亚说："一千个读者眼中有一千个哈姆雷特。"我看所有的古

镇也是如此的没有例外，也是各有各的风格和特点。如黄姚古镇，是天然景色，"诗境家园"；云南丽江，是"东方瑞士"，民族风情；湖南凤凰，是人杰地灵，湘西典型；而木渎古镇呢，在我的眼里，是文化的积淀，是园林的荟萃。这时我才感到，我与木渎古镇的相识相逢似乎是太迟了，这是我的知识浅薄和孤陋寡闻？或是因为这木渎古镇远离在苏州市区的郊外？或是木渎古镇的宣传策划尚不够响亮？很多人熟知的似乎是丽江、凤凰，或是乌镇、周庄，而知道和到过木渎的人也许还不如到过虎丘、枫桥、寒山寺和留园、拙政园的人多呢。我突然在想，这木渎也真是名副其实啊，原是因为吴王夫差为了取悦美女西施，建馆筑宫，而致"积木塞渎"，却没想到，岁月悠悠，千年风霜，造就了如此一个"秀绝冠江南"的"吴中第一镇"，似乎又被虎丘、枫桥、寒山寺这些名胜古迹的名气塞渎了，或是被留园、拙政园这些秀甲天下的典雅园林淹没了。由此我想，或许很多风景名胜，很多历史陈迹，还有人生的很多情与事，也都似乎如此吧？

伫立在大师门外

　　不久前，我到了一趟青岛。虽然没空游览这座山、海、城完美结合的名城，感到很遗憾，然而，让我欣慰的是，我挤了一个下午，邀约了一个同伴，寻访了一些名人故居。我透过这一视角，品味了这座名城的神韵。

　　青岛，曾经是作家荟萃之地，是20世纪30年代新文学运动中心之一。很多著名作家的经典名作，就是在青岛孕育出世的，如老舍的《骆驼祥子》、萧军的《八月的乡村》、萧红的《生死场》、沈从文的《三个女性》等。现在，青岛市政府已确认的文化名人故居就有20多处。

　　我们先是到了福山路，这是文化名人街区。福山路1号，就是现代作家、电影戏剧家洪深的故居。1934年，洪深从上海到青岛，就赁屋住在这里，写出了中国第一个电影文学剧本《劫后桃花》。经大导演张石川执导，电影皇后胡蝶主演，轰动一时。我们站在洪深故居的石墙门前，那扇锈蚀了的铁艺门，半开半掩。我们随手推开这扇锈蚀铁门，感到铁门有些沉重，也许是因为承载了几十年的历史和时光。我们悄悄地走进院里，院子窄小，杂草丛生，满地落叶，一棵高大的槐树，一道高高的花岗岩石阶，沿着石阶上去，是一扇关闭上锁的木门。因为洪深故居还没有对外开放，我们只能是站在石阶向上瞻仰，感受当年一代爱国文人的热血涌动。

在洪深故居的紧邻，是福山路3号，沈从文的故居。沈从文是我最尊崇的文学大师。多年前，我曾在凤凰古城瞻仰过沈从文的故居。这一次，在青岛，我又站在沈先生的故居门前。沈从文故居和洪深故居一样，也是没有对外开放。甚至是，这故居我们连门都挤不进去。我们只能透过那扇紧闭的锈蚀的锻铁艺门往里瞄。由于院子和街道有近三四米的落差，在街上也看不到沈先生住过的房子。我站在门前感慨，几十年过去，这故居尚在，应是不易。恍惚间，我遥想当年的沈先生伫立在某个窗前凝神沉思，或悠然漫步在海边的沙滩上。我依稀记得沈先生在《小忆青岛》里写道："我在青岛的时候，青岛的海边、山上，我经常各处走走。留下了极好印象，大约因为先天性的供血不足，一到海边就觉得身心舒适，每天只睡三个小时，精神特别旺盛。"在《我的写作与水的关系》上，沈先生写道："我的住处已由干燥的北京移到一个明朗华丽的海边。海既那么宽泛，无涯无际，我对人生远景凝眸的机会便多了些。海边既那么寂寞，它培养了我的孤独心情，海放大了我的感情和希望，且放大了我的人格。"沈先生在《云水——我怎么写故事，故事怎么创造我》上说："……每天大清早，就在院落中一个红木八条腿小小方桌上，放下一叠白纸，一面让细碎的阳光洒在纸上，一面将我某种受压抑的梦写在纸上。"由此让我们了解到，《从文自传》《记丁玲》《月下小景》《八骏图》《三个女性》等文学名著，都是沈先生在青岛期间写下的，《边城》也是沈先生在青岛时就开始构思酝酿，"到了北京才落笔"的。由此也让我们看到，沈先生一生漂泊，留有"故居"处处，留下不朽名著，让后人追觅遐思。

徜徉在福山路上，踏着那被岁月磨得光滑的石板，我们又先后瞻仰了康有为故居，梁实秋故居，冯沅君、陆侃如故居，闻一多故居……这期间，我们按图索骥，沿着福山路转到鱼山路，但转来转去，却怎么也找不到鱼山路 5 号闻一多故居。后在一遛宠物的女士提示下，我们才知道鱼山路 5 号已被圈进中国海洋大学校园内。在校园的东北角，我们终于找到了那座爬满薜荔的两层小楼，70 多年前闻一多先生所居住过的地方。小楼前，现塑有一尊闻一多的石像。石像后面，刻有闻一多学生、诗人臧克家的追思碑文。碑文是："杰出的诗人、学者、人民英烈闻一多先生 1930 年受聘国立青岛大学任文学院长兼中文系主任。讲授历代诗选、唐诗、英国诗选等课程。态度亲切民主，既富有学术家风度，又充满浓郁诗情，受到崇敬与热爱。先生爱国忧民，埋头学术研究，从唐诗入手，决心为衰颓之中华民族寻求一个起死回生之文化良方。先生在校，为时仅二年，春风化雨，为国育才。瞻望旧居，回忆先生当年居于斯工作于斯，怀念之情曷可遏止？爰将所居，命名'一多楼'，略事陈设，依稀旧容，并于庭院立石，以为永念。俾来瞻仰之中外人士，缅怀先生高风亮节而有所取法焉。先生生平事迹，昭昭然在人耳目，兹不缀。"读了这一精练如诗的碑文，再看那青藤薜荔爬满的小楼，心底里强烈感受到闻先生的一生，历经诗人、学者、斗士，以其鲜血和生命，谱写了一曲人生最壮丽的诗篇。

瞻仰了闻一多故居后，天色已晚，我们没法再寻找到老舍、萧军、萧红、王统照、成仿吾等名人大师的故居了。这不能不让我们感到深深的遗憾。更为遗憾的是，在我们所寻访瞻仰的文豪大师故居中，除了康有为故居是全方位对游人开放的以外，其余都是还没有对游人开放。所以，我们每到一处，几乎是匆匆一顾，或只能是在这些故居门前留个影。过后，我回想起这次寻访文豪大师故居的游历，不禁想到了朱自清先生在《文人宅》里说："要凭吊，要流连，只好在街上站一会儿出出神……"这时，我很为惊叹，莫非这朱老先生，早就料到我们是这样？

　　不管怎样，也许我们这次寻访，是寻找心中的那份崇敬，是试图推开那一扇扇锈蚀了的铁门，透过大师故居里的那些老树荒草，片片落叶，去求索那些积淀沉重的尘前往事。我们的寻访，虽然步履匆匆，然当我们行走在那些老街小巷、红瓦绿树里时，我们在大师故居门前寻寻觅觅时，我们还是很有收获的，我们不单是捡拾了一些在时光中退落的碎屑细节，更重要的是我们重温了那段不寻常的历史，而铭记过去。

寻访"一多楼"

不久前，我因参加培训而到了一趟青岛。虽然我没空游览这座集山、海、城完美结合的名城，感到有些遗憾，然而，让我感到不虚此行的是，除了充实的培训内容之外，我还在一个秋日的下午，寻访了闻一多先生等一些文化名人在青岛的故居。我透过了另一个视角，品味了这座历史名城的神韵。

青岛，也许很多人熟悉的是那"红瓦绿树，碧海蓝天"的欧陆风情，还有那浓醇醉人的青岛啤酒和著名品牌的海尔电器，但不一定了解，那里曾经是文化名家的荟萃之地，是20世纪30年代新文学运动中心之一。很多著名作家的经典名作，如老舍的《骆驼祥子》、萧军的《八月的乡村》、萧红的《生死场》、沈从文的《三个女性》等，都是在青岛孕育出世的。现在，青岛市政府已确认的文化名人故居就有20多处。

青岛市区的福山路，是文化名人街区。那个秋日的下午，我徜徉在福山路上，踏着那一块块已被岁月磨得光滑的石板，我先后走到了洪深、沈从文、康有为、梁实秋、冯沅君、陆侃如等名人故居的门前……

遗憾的是，这些名人故居，除了康有为故居是全方位对游人开放的以外，其余大多都还没有对游人开放。因此，我无法推开那一扇扇锈蚀沉重的铁门，去寻觅那些尘封积淀的陈年往事。所以，我每到一处，只能是站在这些名人故居的那紧闭的门前留个影而已，正如朱自清先生在《文人宅》里说："要凭吊，要流连，只好在街上站一会儿出出神……"

走过了一些名人故居的门前之后，我按图索骥，沿着福山路转到鱼山路，但转来转去，却怎么也找不到鱼山路5号闻一多故居。我问了很多路人，都是迷惑茫然的摇头。后在鱼山路上，我问到了一个正在遛宠物的女士，我这才知道鱼山路5号已被圈进中国海洋大学的校园内。我穿过了校园，到了校园的东北角，我终于找到了那座爬满了薜荔的两层小楼，那七十多年前闻一多先生所居住过的地方。但见小楼前面的空地上，已是有些杂草丛生，满地是零零落落的秋风落叶。那随风飘舞的黄叶，仿佛向我掀开了那些年月的历史峥嵘。恍惚间，我热血涌动，遥想当年的闻先生伫立在某个窗前凝神沉思，开拓了《诗经》《楚辞校补》的研究领域；一会儿，我似乎看到闻先生悠然漫步在海边的沙滩上，胸中荡漾着新月派诗人那浪漫的情怀；一会儿，我又依稀看到，闻先生长须飘飘，昂首挺胸，正走在反对独裁，争取民主游行队伍的前头，大声疾呼……我情不自禁地捡起地上的一片树叶，犹如翻开了历史的一页，上面记载的是1946年7月15日，在悼念李公朴先生的大会上，闻一多忍受着连日饥饿带来的折磨，发表了著名的《最后一次的演讲》。这时，我耳边仿佛听到了那天下午特务杀害闻先生的罪恶枪声……

在这小楼前，是一尊闻一多先生的石像。石像前的基座底下，是一个石雕花环，永恒地寄托着后人的敬意和哀思。石像的前面，是一排碧绿翠柏，犹如闻一多先生的英灵万古长青。石像后面，刻有闻一多学生、诗人臧克家的追思碑文。碑文是："杰出的诗人、学者、人民英烈闻一多先生1930年受聘国立青岛大学任文学院长兼中文系主任。讲授历代诗选、唐诗、英国诗选等课程。态度亲切民主，既富有学术家风度，又充满浓郁诗情，受到崇敬与热爱。先生爱国忧民，埋头学术研究，从唐诗入手，决心为衰颓之中华民族寻求一个起死回生之文化良方。先生在校，为时仅二年，春风化雨，为国育才。瞻望旧居，回忆先生当年居于斯工作于斯，怀念之情曷可遏止？爱将所居，命名'一多楼'，略事陈设，依稀旧容，并于庭院立石，以为永念。俾来瞻仰之中外人士，缅怀先生高风亮节而有所取法焉。先生生平事迹，昭昭然在人耳目，兹不缀。"细细品读了这一精炼如诗的碑文，再看看那青藤薜荔爬满的小楼，我心底里更加强烈地感受到了闻先生的一生，历经诗人、学者、斗士，用鲜血和生命，谱写了一组人生最壮丽的诗篇。

不知不觉，天色已晚，我徐徐地离开了闻一多故居。这次寻访，让我再一次寻找到了心中对闻一多先生的那份深深的崇敬，重温了闻先生那段苦难与辉煌的沉重历史，铭记了那些不应该忘却的历史名人，尤其是闻一多先生这位杰出的诗人、伟大的爱国主义民主斗士，激励着我们珍惜今天，向往明天。

常回八寨沟看看

春节将至，好友相遇，常爱问及的话题是，节日长假准备去哪一游？近日，又一朋友如此问我，我说，公务缠身，还没考虑。反问他时，他一副深思熟虑的样子说：去八寨沟。我疑惑地说，不是吧，这八寨沟你不是去了很多次了吗？朋友笑了，说："去是去了多次，但都是五一、十一时节去的多，而且，每次都是陪上级领导和外地客人，跑前跑后的照应，哪有心思欣赏八寨风光？所以，今年春节长假，远的地方不去了，就带家人去一趟八寨沟，好好品味一下冬末春初的八寨风韵，也许别有一番情趣呢！"嗬，我感到这主意不错！但一时也没往深处想。

很多人都已知道，八寨沟是十万大山山脉的一角，是钦州胜景之一王岗山的左邻，是土匪"钻山豹"曾经出没的地方，也是地下党革命游击队曾经活动频繁的革命老区。

很多人还知道，一篇《梦幻八寨沟》，让很多人向往热游八寨沟。八寨沟的名声，也开始从山里走向了山外。所以，当我每次外出，有人向我打探八寨沟时，我就很为八寨沟得意和自豪。当然，谁也不会知道，八寨沟还是生我养我的可爱的故乡。

多年前，我在家乡镇政府工作时，由于"处理'文革'遗留问题"的工作关系，在为一些受冤屈的老干部老党员平反冤假错案时，我常与同事一道，在八寨沟里转来转去，跋山涉水，走村串寨，找那些幸存仍生活在当地的老地下党员、老游击队员调查取证，听他们讲那"英雄虎胆"的真实故事。也许就从那时开始，八寨沟的一沟一壑，一山一水，一草一木，以及曾泰、阿兰、王旭林、张瑞贵、"沙煲六""王三咤"，这些一正一反、一虚一实的人物，就深深地铭刻在我的脑海里。

后来，我由乡镇调进城里，又做了机关的小小官员，就很少回八寨沟了，那里的一切也就渐渐的淡忘了。偶然聊起，也不过是一种遥远的记忆。只有自八寨沟开发后，每次回到八寨沟，那过去的一切，才活灵活现。山还是那山，水还是那水，悠悠转动的古老水车依然还在，仍在呀呀吟唱着那古老而又千篇一律的单调乐曲。八寨沟的山山水水，花草古树，坡坎沙石，于我仍是那么亲切，那么富有灵性，那么充满情感。

让我感到不同的是，现在回到八寨沟，脚下已是新筑的卵石小路，新修的木栏小桥散发着桐油香味，穿过的虽然仍是古藤缠绕的林荫隧道，但抬腿跃过的沟涧卧石已被游人戏水磨掉了青苔。没多久，你就会忍不住摔了手中拿着的瓶装矿泉水，忍不住弯腰手掬潺潺流淌的山泉水，喝一口，甘甜清爽，透心润肺。再伸腰挺胸收腹，鼻腔即刻涌入充满负离子的大山气息，让你心旷神怡。就在这样的惬意拥抱里，走走停停，谈谈笑笑，或面对数码相机镜头，在将军潭前扭姿作态，在好运树下一展欢颜，让你几乎忘了喧嚣浮躁的俗世红尘。而这一切，过去我却从没如此感受过。其实，这八寨沟，虽是生我养我的家乡，虽是风景这边独好，而我却从没认识到她的可爱、美丽和价值所在！真正认识她、发现她、挖掘她天生丽质的应是市委的一个主要领导。这市委领导，到钦州上任不久，就在海边发现了三娘湾的"海霞"，在深山发现了八寨沟的"英雄虎胆"，奇妙的是这两个地方都与两部著名电影有关，而且很快就把这两个地方开发呈现在世人面

前，成了钦州提升知名度的两大亮点。尤其是那篇《梦幻八寨沟》传扬后，更让不少人对八寨沟刮目相看。由此我感到，这市委的主要领导，不但是个有魄力的领导者和组织者，还是个善于发现美敢于开发美和不断创造美的人。这一切，又让人联想到，凡到过贺州游过姑婆山的人都知道，姑婆山的美丽和开发，也是这个市领导，在贺州市委任职时发现和推出的，也成了贺州的一大亮点，且已传为佳话。从姑婆山到三娘湾，再到八寨沟，仿佛让我们领悟到：美，是要有人发现和创造推介的。

这时，我才恍然大悟，那准备春节去游八寨沟的朋友，为何一次又一次地去过八寨沟后，还要在春节长假，专程带家人去一趟八寨沟，好好品味一下冬末春初的八寨沟了。美，不但需要发现和创造，还要懂得好好欣赏和回味享受。如此一想，我心里很感慨。与那些善于发现美和懂得追求美的人相比，我这从八寨沟里走出来的游子，深感内疚和惭愧。但愿我那些从八寨沟里走出来的兄弟姐妹们，有空都常回八寨沟去走一走，看一看，好好地读读八寨沟的山、八寨沟的水，更多地关注家乡的建设与发展，让家乡的山更美，水更秀，人与自然更和谐！

三娘湾的木麻王

　　进入三娘湾景区，很多人眼前一亮的是碧海，蓝天，沙滩，礁石，渔帆，海豚，滨海风光如诗如画。也许没人注意到，那一湾海水，那绵延的海滩，有一片浓密的木麻王树林，静悄悄地为这 4A 景区增添着一道不可或缺的亮丽风景。

　　我因公务常到三娘湾，给我印象最深刻的是很多游人一到这里，弄海潮，爬礁石，观海豚，品海鲜，激情过后，就往那当地渔民在木麻王树干间拉好的网床上一躺，轻轻晃着，海风拂着，悠然自得，乐似神仙。有的游客则四个一组，六个一群，围着那当地渔民在树林里预先摆放好的一张张麻将桌，欣然入座，很快就洗起了扑克牌或响起了麻将声，一个个沉浸于世外桃源。这一切，皆因有赖三娘湾里有一片浓密的木麻王树林。

　　很多人都知道，木麻王树又谓驳骨松，属木麻王科常绿大乔木。树干通直，木质坚硬，枝叶柔雅，树姿优美。原产大洋洲，喜阳光，爱炎热，忍干旱潮湿，耐瘠薄盐碱，生命力韧，抗风力强，是华南沿海防护林的优良树种。但这木麻王树如与松树白杨相比，木麻王树就平凡极了，简直就如村夫农妇。单看那木麻王树皮，就粗糙得如饱经风霜的老人。多年前，我读过陶铸《松树的风格》，也读过茅盾的《白杨礼赞》，在我的脑海里，我总觉得松树白杨很了不起。而这木麻王树，无论是风和日丽，还是春暖花开，或金秋时节，或寒冬冷月，都很少有人在意她。她没有松树般的傲伟，没有柏树般的多姿，没有杨树般的俊朗，没有柳树般的妩媚，更没有滨海特有的椰树那样的招摇风光。只有当炎热盛夏，人们才会发现，这木麻王树能给你一片荫凉；在台风肆虐时，能遮雨挡风，让你有一种安全感；待风平浪静时，这木麻王树又默默地如卫士般挺立坚守。其实，这木麻王树并不简单，也不平凡。她虽有挺直柔雅的优姿，却从不显耀张扬；她始终淡泊名利，甘于清贫，耐得寂寞，默默无闻地造福人类，无怨无悔地乐于奉献。这些，都是让我最为欣赏的。因此，我每次一到三娘湾，漫步在木麻王树林里的树荫沙滩，伸手抚摸着粗糙的木麻王树干，我就在想，如果没有这片木麻王树林，三娘湾景区一定会黯然失色。

很多人都知道，在三娘湾的西海岸，有一著名的金滩，也生长着一大片天然美丽的木麻王树林，为金滩增添了亮点风采。在三娘湾的东海岸，有一著名的银滩，曾经拥有一大片木麻王树林，与那奔腾不息的白浪，天然雪白的海沙，和谐如画，风景独好。后银滩名气大了，来往的人流多了，于是，有人就在银滩大兴土木，把那片木麻王树林渐渐地砍光了，代之而起的是一幢幢宾馆酒楼，开始淡逝的是银滩的美丽和谐。待意识到这是银滩建设中的一大败笔时，已后悔莫及。后来，虽拆了那些宾馆酒楼，但海滩已是光秃苍凉。虽赶紧栽花植草，但也如涂脂抹粉，掩饰不了海滩变老，风光难再。以前畅游过那海滩的人后再重旅，很是伤感叹惜。

抚今追昔，左比右较，使我每次一到三娘湾，便很关注三娘湾里那片木麻王树林，生怕景区的建设发展破坏了三娘湾那片天然美丽的木麻王树林。我常在内心深处默默祈祷，但愿三娘湾景区的建设者们，多吸取周边景区建设的经验教训，精心规划，用心描绘，好好地保护三娘湾里那片天然难得的木麻王树林，保护我们可爱的生态家园，让那碧海，蓝天，沙滩，礁石，渔帆，海豚，再衬上这片绿色的木麻王树林，及与当地渔民、游客一道，共同构建三娘湾使之成为和谐美丽的人间乐园。

榕树其实很从容

　　南方多榕树。在我住宿的小区，一出来就有一棵大榕树，我每天上班时都要与它擦肩而过。在我们的旧城区，说起"广州会馆""天涯亭"等，也许没有多少人知道，但说到榕树根，很多人即刻就会想到新兴路口的那棵大榕树，那榕树曾经被台风吹倒，又被人们用铁杆支撑起来，重新长得更茂盛。在旧一中的校门口，也有一棵榕树。这棵榕树，因为生在路中间，随着城市的繁华，很妨碍过往行人和车辆的通畅。我曾听说，曾有人主张砍了或移植这棵榕树。但后来不知为什么，没有砍树，也没有移植，依然保持现状，且还衍生了一些传奇的故事，成了一道独特的风景。

　　在我们的生活环境里，榕树确实是太平凡也太普遍了，几乎随处可见。然而，在我的印象和记忆里，榕树多是星星散散，独木成林，似乎很少看到榕树有成片成簇的，即使是东兴市竹山村那所谓的榕树部落，部落里的众多榕树，也都是各据一方，独树一帜。什么"子孙满堂""龙飞凤舞""榕风海韵""鸳鸯戏水""生死之恋""把根留住"等，一棵榕树一道风景。

　　榕树给予我们的，又何止是风景？在炎夏的时节，它是一伞绿荫。无论是在山村，或是在海边，那些劳动之后的村夫渔民，相聚榕树下，或泡一壶热茶，或拎上一个竹筒水烟，下棋，聊天，补篓，织网，或睡在牵挂榕树上的网床悠悠晃晃，其乐融融。

还有，我们经常看到，有些古榕，已被当作神灵供奉，人们用红布条缠绕在榕树的身上，张挂或粘贴上一张张红纸，或灵符，烧香膜拜，祈福求安，祈求吉祥。

我们知道，榕树的生命力特强，生长快，寿命长。榕树无论是在海边，或在山地，无论是附着悬崖峭壁，或是搁在石灰岩上，都能贱生易长，海风越狂，枝条越壮，山雨越暴，叶片越茂，暑寒不惧，四季常青。

榕树，既是生命力的象征，又绿化和美化我们生活的环境。它能给我们遮风挡雨，能为我们撑伞纳凉。然而，在南方，人们多的是赞美木棉，誉木棉为英雄树。赞美松树，高歌那"泰山顶上一青松"。在陶铸《松树的风格》里，誉松树"要求于人的可谓少矣"，松树"用自己的枝叶挡住炎炎烈日，叫人们在如盖的绿荫下休憩"，松树"无论在严寒霜雪中和盛夏烈日中，总是精神奕奕，从来都不知道什么叫作忧郁和畏惧"，松树"不管在怎样恶劣的环境下，都能茁壮地生长，永不屈服于恶劣环境"。事实上，松树这些顽强的生命力，这些崇高的品格，榕树不是一样具有吗？

在北方，榕树也没有白杨那样的名声。名家茅盾作《白杨礼赞》，大江南北歌唱的《小白杨》。这是否因为榕树没有白杨那"笔直的干，笔直的枝，一丈以内绝无旁枝"？没有白杨"所有的丫枝一律向上，而且紧紧靠拢，绝不旁逸斜出"？没有白杨"宽大的叶子也是片片向上，几乎没有斜生"？没有白杨的"皮光滑而有银色的晕圈，微微泛出淡青色"？没有白杨的"伟岸，正直，朴质，严肃"？

有时我想，"前不栽桑，后不栽柳""榕树不容人"，这些千年的习俗和忌讳，是否就是榕树没有得到高度的评价和完美的颂扬？事实是，"墟落间榕树多者地必兴"。以古

榕部落的竹山村来说，处在大海岸边的竹山村，那些低矮的村民住宅，几乎都是建在那高大的古榕树下。正是因为有了那些榕树，任凭那台风呼啸暴雨肆虐，竹山的村民和住宅，安然无恙。所以，在竹山村，村民们对那些榕树，精心保护，任其滋长繁衍，"子孙满堂"。而那些榕树，虽为草木，道是无情却有情，千百年来，始终默默地为竹山村的村民们撑荫遮阳，挡风避雨，呵护那一带的村民世世代代人丁兴旺。在竹山村屯，我们深切地看到，人与榕树，人与自然，千古相依，和谐相处，营造了一个美丽的村庄。

如此看来，我感到榕树其实是挺了不起的。我崇拜榕树，敬佩榕树。榕树具有松树一样的风格，具有白杨一样的品质，具有松树白杨一样顽强的生命力。而且，榕树从不计较世间的评价与毁誉。它是那么淡泊名利，那么舒展从容。在地球的万木百花丛中，榕树始终显得普普通通，始终默默奉献。

随着社会的发展和人们生活的向往，越来越多的榕树已进入了我们生活的领域和美化了我们的环境。尤其是新一代的榕树正大量地跻身我们的市区，装点我们的市容，为我们撑起了住宅小区里一丛丛的绿荫，树起了街道上一道道亮丽的风景。即或是那一根根老榕头枯树桩，也都以其百态千姿，根须绿叶，浓缩成了一个个艺术高贵的盆景精品，或置于庭院，或摆上厅堂，给人以美的享受和诗意的遐想。

仰望大王椰

九号台风虽然过去了，但这台风留给人们的印象，我想一定会非常之深刻。今年的九号台风，有个洋鬼子似的名字叫"威马逊"，但人们肯定没有想到这个名字这么名副其实，真的有如一匹威风凛凛的野马在马年之中肆意发威。当时的气象预报说，"威马逊"登陆海南琼海到广东电白一带时，将成为41年以来登陆华南最强的台风。待登陆到我们钦州、防城港市一带时，中心附近最大风力居然达到了十五六级。我们仍然惊悸地记得，"威马逊"发威时，那些铁皮棚子被掀起吹得像一片片树叶，一些住宅小区里停放的小车，被台风刮倒的广告牌砸得稀巴烂，一些道貌岸然的大树，被台风连根拔起……透过记者们的镜头，我们还看到了三娘湾的木麻王，折断得几乎全军覆没；沿海渔民丰收在望的网箱蚝柱，几乎荡然无存；那一片一片果实累累的香蕉林和漫山遍野的桉树林，或拦腰折断，或痛苦倒伏……

九号台风刚刚刮过，我走上市区转了一圈。我除了看到市区街道惨不忍睹，一片狼藉以外，我还看到了"满城尽是黄金甲"，各级领导在走家串户查察灾情，慰问群众；环卫工人忙于扫除枯枝败叶，清理垃圾；园林工人在削枝剪叶，扶正歪倒的树木；电力工人在攀爬电杆，抢修线路……在这一忙碌的过程中，我还发现，在那一路路东歪西倒的绿化树中，有一种树却依然亭亭玉立。这是大王椰树。我当时仰望着这些大王椰树，心底里却在想，这么躯干光滑、这么白净斯文、这么挺直高耸的树木，面临这么强劲的台风扫过，却居然不歪不倒？是否这大王椰树，原本生在海边，经历的强风劲雨多了，早已练就了一身抗风斗雨的本事？我为此作了一番细致的观察，我发现这大王椰树的叶子原来生得如撕烂了一样，不招风，不藏雨，我们可以想象得到，在那风狂雨骤时，这大王椰树上那些如撕烂了的树叶像丝丝布条一样仅是随风飞舞而已，肯定没有给这大王椰树干增添多大的压力，不像一些大树那样，当狂风吹来时，所有枝叶都吃力地拉弯了主干，这哪有大树不倒的道理？这也许就是所谓的树大招风吧。也许有人还会不屑地说，这大王椰树算什么啊？根本就没有高尚的品格，无非是随风而摆罢了，哪像三娘湾的木麻王？品格坚韧，宁折不弯，这才是值得我们予以歌颂和赞美的。我虽然无意探讨这些崇高与卑下，但我仍忍不住与很多人聊起了这大王椰树在台风中的表现，我很想听听人们对大王椰树的评价。在这闲聊中，有人顺便告诉我说，这大王椰树生在海南，就结椰子，但过了雷州海峡以后，这大王椰树就变成公的了，就不肯结果了。我听了以后，也不知这是真是假。我上网查了一下，网上并没有这一说法。网上介绍说，这大王椰树原产于古巴，是世界上最高的椰种，现被广泛栽种用于绿化。因其外形高大漂亮却没有遮阴效果，所以常常被人说是"中看不中用"。也许就是因为这"中看"吧，大王椰树才被人们引种为绿化树。不管怎样，这场九号台风，这些大王椰树的表现，一定会让我们重新审视和思考很多人与自然的关系。如什么树种适宜于种植在什么地方；如怎样爱护大自然，顺应大自然，让山青水洁，让海天一色，让白海豚与大工业同在，让我们的家园更加和谐美丽。负责园林的领导在和我聊到这次九号台风，聊到这些大王椰树以及整个城区的绿化受灾情况时说，他们将从这场台风中吸取教训，重新调整城区绿化的理念，进一步贯彻落实市委、市政府确定的园林生活十年规划，强化完善城区园林美化的具体措施，彻底改变过去那种随意种植、五花八门、种了又挖、挖了又种、劳民伤财的状况。园林的领导还说，你有没有注意到？在我们市区的街道上，除了大王椰树以外，还有很多类似大王椰树的狐尾椰、老人葵、扇叶葵已经穿插在茂盛的花木丛中了，也许在不久的将来，这些具有滨海风光的树种会越来越多地栽种在我们的城区里，伴随着这些大王椰树、狐尾椰、老人葵、扇叶葵在城区的繁荣生长，我们的城区将会越来越突现出岭南风格、东南亚风情和瑰丽的滨海风光。

园林部门领导的憧憬，引起了我的共鸣。我在想，这场台风，又何止是触发了园林部门的思路有了新的认识和升华？其实，这次九号台风，也许让我们很多人还感悟到了大自然的无穷魅力。台风带给我们的并不都是灾害。也许我们还没有真正地认识到，没有台风也不行。科学研究已经表明，台风给人类送来了淡水资源，缓解水荒。台风会使冷热保持相对均衡。台风在危害人类的同时，也在保护人类。这次九号台风，在给我们造成了巨大的灾害和损失以外，也方显了我们很多领导干部和群众的英雄本色。我们正在看到，台风之后，我们的城乡处处，正在奋力救灾，在重建家园，在焕发出新的生机。

穿越梦园

钦州人做梦也不会忘记,当十万山森林公园熙熙攘攘,银滩浴场似煮水饺般时,钦州在羞答答地说,游玩的地方只有一个小小的麻蓝岛。至于七十二泾,因条件所限,也多是印在画报上欣赏和宣扬而已。据说,前些年,市委有位领导来钦州上任伊始,徜徉在杂草丛生、荒凉残破的刘冯故居和走在老化、狭窄、弯曲、脏、乱、差的城区街道上时,情不自禁地感叹道,这所谓英雄城市,再不改变,就成了"狗熊"城市、圾垃城市了。那时,有客自远方来,因没地方可带客人去游玩,很多人只能呼朋唤友,相陪集聚在街边大排档,大盆狗肉、大碟炒粉、几扎生啤、几斤米酒,猜码划拳,还算热闹。待有几分醉意后,一个个仰着关公脸,咧开李逵嘴,泄"私愤",话国事,天南地北,无所顾忌,及至舌绕了一圈全国各地,红着眼睛羡慕外地城市的快速发展变化后,一个个壮怀激烈,怨气冲天,骂家乡建设落后,骂钦州城区是个大乡镇,骂城建规划部门低档,所规划建设的新区没有商场、没有市场、没有广场、没有休闲绿地,也没有医院、没有学校、没有幼儿园,连规划建设个城西住宅小区也只是个新农村,甚至规划建设宽阔一点的街道也弯了又弯……

没容这些牢骚酒友从梦中醒来,转眼间,钦州已全变了样。在追求"三大目标"的建设中,在市领导"我就不信钦州发展不起来"的狠劲和拼搏里，钦州不但有了港口码头，有了十万吨级航道，有了林浆纸、有了中石油，而且有了三娘湾、八寨沟和修缮一新的刘冯故居，有了白海豚广场，有了梦园。

我与梦园，正如一句广告词："天天见。"每天早上，我都绕过梦园，到行政中心大楼的办公室里，开始一天的忙碌。有时累了，凭窗而立，俯视梦园，那一潭碧水，那九曲木桥，那桃林柳绿，那丘陵草地，那蓝天白云，那么和谐地如平展铺开的一幅立体山水画，让我顿觉心旷神怡，偶尔在想，陶渊明的"桃花源"、柳宗元的"钴鉧潭西小丘"也不过如此吧？到傍晚下班时，我仍与梦园擦身而过，回到家中，做个好梦。也许因为梦园就在我上班的那幢大楼的广场前庭，我又天天如此绕着梦园往返路过，我总以为什么时候进去走走都可以。然而，日子一天天地这样过去，我却还没在梦园里正正经经地游览过。虽然如此，我仍很感自豪，我是看着梦园长大长靓的，长成了一个亭亭玉立的如梦如幻的少女。也就是说，我和许多人一样，一天天地看着这一片荒芜野地，一寸寸地变成了一处美丽诱人的新亮点，延伸和扩展着这个既古老又年轻的城市。

中秋佳节那天，梦园定于晚上揭幕。但当天下午至下班前，暴雨一直下个不停。市委主要领导在办公室里说，如此天气，揭幕的仪式怎么办？我当时曾玩笑地说，钦州就这样，好日子都是有"风水"的，等领导一到，仪式一开始，风就停雨就止了。我还举例说，"金桂林浆纸""中石油""保税港区""八大场馆"等项目开工仪式，无不如此。这次恐怕也不例外吧？那领导笑笑。也许，他的心愿也祈祷这样吧，祈祷这次也是一个好日子，祈盼钦州从此又一轮新跨越、新发展。没想到，梦园，圆梦，梦想成真，真的又是一个好日子。那天晚上，离拟定的揭幕时间差不多时，风停，雨止，天上十五的月亮，还有月亮里的嫦娥，透过雨后的云层，露出了

圆圆的笑脸。中秋的梦园，游人越来越多，气氛越来越热闹，揭幕仪式顺利进行。仪式过后，出席揭幕的市四家班子领导，乘着蒙蒙月色，漫步梦园，逗留在"阿里小草原"上品赏月饼，与民赏月，其乐融融。当时，我不知月饼滋味，只仰望月亮，心里仍在为仪式前的戏言而诧异感慨，北部湾的风生水起，钦州的日子越来越好了。

　　"山不在高，有仙则名。水不在深，有龙则灵。"园不在大，有梦就行。梦是憧憬，梦是理想，梦是追求。梦园，如诗如画如梦如幻，虽然出世不久，面积不大，方圆仅三万多平方米，虽然与那古韵悠悠、风光明媚的苏杭园林不可攀比，但这无疑是钦州历史变迁的又一标志，是钦州城市发展变化的亮丽缩影，是钦州未来的梦想与希望。

　　梦园自建成和冠名后，很多人都在说，梦园，梦园，谐音"梦圆"，寓意圆梦，将激励着钦州人民为实现千年美梦而拼搏。著名词作家蒋开儒莅钦采风时点评说："这是一个很有诗意，也是极具时代特色的名字，让人想象，催人奋进。"这些都是仁者见仁，智者见智，各有各的梦想。而我却在想，这梦园建成和冠名恰在市行政中心大楼前，这是历史的巧合或是天意？是否昭示着在这大楼上班的每一名公务员，都要有梦，都要抛却虚名私利，多为百姓圆梦着想？别笑我这想法过于庄严，其实只是我的梦。

梦园交响

　　梦园就在我住的小区旁边。妻子每天晚饭后都要到梦园里去散步。回来时，总有一大堆话唠叨，说夏夜的梦园如何如何的热闹；说我们熟悉的谁谁谁在梦园里教很多人跳舞，跟着跳舞的人越来越多了；说见到了谁谁谁夫前妻后的在散步；说谁谁谁一家老小都出来了，那小孙女好乖哟好可爱哦……直说得我满脑子里都是梦园的想象。我终于抵不住妻子的唠叨和夏夜梦园的诱惑，我要亲自到梦园里去走一走，看一看，这炎热夏夜里的梦园，到底是一道什么样的风景？

　　周末的一个晚饭后，我跟着妻子走向梦园。刚到梦园的边缘，梦园里的歌声舞韵，如织游人，就热浪般地向我抱拥过来了。当我走进"梦园广场"的中心，我惊呆了，这夏夜的梦园简直是疯了，完完全全地失去了白天梦园那如诗如画、优雅贤淑的模样。在"阿里小草原"这边，伴随着《阿哥阿妹跳起来》的歌声，一群夜里看不出是年轻或年老的妇女，疯狂地手舞足蹈，动感的节奏震撼人心，动作的特点简约美观。在"竹园"那边，是一曲《红色娘子军连歌》，有一群妇女正踩着音乐的节拍，翩翩起舞。我走近去看，听着那"向前进，向前进，战士的责任重，妇女的冤仇深，古有花木兰，替父去从军，今有娘子军，扛枪为人民……"的歌声，脑海浮现出串串影像，思绪间穿越着遐想。我居然还怪怪地联想到，

很多妇女白天劳作，累了一天，回家忙碌完家务后，好不容易出到梦园来身心放松了。现她们唱着这支歌，跳着这个舞，是否有些意味着这也是一种"翻身得解放"？我正沉浸在这歌舞声中胡思乱想时，有个老同志向我打招呼，我定神一看，原来是市文化局的一个退休老领导。他说他带小孙女出来凑热闹。但我看看，却没见到他的小孙女，也许他的小孙女已独自到处去逛了。我正迷惑时，还没与这老领导说得几句话，这老领导就迫不及待地又融进那跳舞的人群中去了。我羡慕地看着这"老夫聊发少年狂"，突然在想，这是否就是他那孜孜以求的文化梦想？

我们一边欣赏着这些跳舞的人群，一边在"梦园广场"上悠闲地转来转去。在朦朦胧胧、如梦如幻的夜幕灯影下，有很多小朋友，穿着有小闪灯的旱溜冰鞋，嗖嗖地从我身边快速滑过，潇洒穿梭。看着这些丢下沉重书包，走出紧张课堂的小朋友们，在这里如鱼得水似的快活畅游，在这里享受着难得的暑假，我觉得他们这时多么幸福。我的目光，追随着这些小朋友们的快乐身影，不时地看到了很多熟人，不时地与相遇的熟人打招呼。这时，我在想，是否我们休闲的地方太少了？很多人都拥到这梦园来了；或许是这梦园太美了？很多人都到这梦园来了。

离开这欢乐喧闹的"梦园广场"，走过了绿色灯影下显得愈发碧绿的"阿里小草原"，我们来到了"锦鲤湖"的"九曲桥"上。这里不得了啊，九曲桥上挤满了人。也许是正值暑假吧，很多家长陪伴着小孩子们在喂鱼。喂鱼的大人小孩似乎比湖里的鱼还多。随着家长和小孩仙女撒花般的投下鱼料，水面上浮稠了五颜六色的鲤鱼，引来了桥上一阵阵快乐的欢呼。我有些担心，这些贪食的鲤鱼是否会被胀死？我们好不容易从这些家长和小孩的人群中挤过桥去，沿着湖边的小道，踏上了"东坡栈桥"，来到了梦园的"得意楼"。我们在楼前的柳树底下，找了张椅子坐了下来休息，随意地欣赏那湖光灯影，那周边楼盘的五光十色。一阵微风吹来，桂花飘香，柳条轻拂，惬意凉爽。不知为什么，我悠然想起，好像俞平伯和朱自清分别写有一篇同题佳作，似是《桨声灯影里的秦淮河》吧？这两篇佳作，多年前我曾读过，但是现在，我只依稀记得题目，却记不清内容了。诚然，这梦园的"锦鲤湖"是不可能与秦淮河相比较的，且时代与历史俱往矣。此刻想起，也许是我因灯影而仰慕大师罢了。

没容我多想，思绪就被妻子"该回去了"的提醒打断了。我们起身回去，但不走回头路。我们从"得意楼"再沿着湖边，信步上了"月圆坡"。当我们穿过一片树荫丛林时，突然一串咯咯的笑声吓了我一大跳。而妻子却暧昧地笑了。原来，在那树荫暗影里，并非什么恐怖的鬼灵精怪，而是那情侣幸福快乐的调情……

我就这么转了一圈梦园，我为梦园的夏夜而感动。妻子唠叨的果然不错，这夏夜的梦园，竟是如此的热闹、生动、欢乐、美好。夏夜的梦园，是休闲的平民生活，却洋溢着浓厚的文化气息。这里没有车来车往的喧嚣，没有勾心斗角的无聊，没有金钱铜臭的欲望，没有是是非非的烦恼……

触摸灵山文脉

　　一个阳光灿烂的日子，我陪同一个市领导到灵山县政协机关调研。这时，灵山县政协的领导和灵山县政协文史委的同志，非常郑重地递给了我们一本名为《六峰山风景名胜区崖刻选》的新书。这是一本封面设计典雅高贵，质感厚重大气的新书。我的一个软肋，就是爱书。当即，我就感到了非常的高兴和意外的惊喜。我的惊喜，不但是他们送给我了一本新书，而且是这本书一下子就让我强烈地感到，这是他们为灵山县的文化事业和文脉传承，做了一件功德无量的好事大事。但见灵山县政协的领导和县政协文史委的同志，开始滔滔不绝地向我们介绍说，这是一本刚刚从出版社里要回来的书，是一本专门拓印、编辑、诠释灵山县六峰山摩崖石刻的史书。我一边专心地聆听着他们的介绍，一边抚摸着这本《六峰山风景名胜区崖刻选》，呼吸闻到的是这本书里散发出来的一股浓浓的墨香。

　　据灵山县政协的领导和文史委的同志说，这是灵山县政协文史委和有关专业人士，多年来攀崖附壁，不畏艰辛，一字一幅地拓印、拍摄，收录了100多幅摩崖石刻作品，然后，又用电脑技术一笔一画地对照修整，查阅档案史料，字斟句酌地注释了几十万字，耗费了好几年的功夫，才终于编辑而成。灵山县政协的领导和文史委的同志还对我们说，这部书的作品，上至北宋，下至民国，文字崖刻体裁有题记、题词、题名、诗赋和楹联，仅诗歌类就有四言、五言、七言和行歌体。内容直接或间接地记载了当地的寺庙修建、自然灾害、历史人物、告示、禁约、墓志、地券，几乎就是一幅政治、经济、文化、军事、民俗的长卷，是一部真正的石刻史书。

从灵山回来了以后，我抽空不断地翻阅了这本《六峰山风景名胜区崖刻选》。我不用攀崖附壁，就穿越了时空，走进了历史。在这本书里，我看到了一些文人骚客官吏庶民的萍踪游迹，感悟到了一些匆匆过客寄情山水感怀抒情的理念诗意，还体会到了当年一些人处在世态炎凉或激情奋起时的托物言志。一幅"振旅岩疆"，闪烁的就是刀光剑影，凸显的就是名将风范。我印象深刻的是，其中拓印有一大幅石刻，仅是一个大大的"哈"字，却比我们现在的短信"呵呵"，更加的耐人寻味。在这本书里，我读到了"云卧岩前白，花飞洞口红""禽鸟雨晴飞叠嶂，鸡豕日落散平坡""云依洞口舒还卷，花满枝头落又开"这样的石刻佳句。书里的石刻拓片，还让我欣赏到了那些恣意挥洒，或剑拔弩张，或铁笔银钩，或方正俊朗，或古拙润厚的书法艺术。我觉得，这本书，实在是一本很有史料价值、很有文化品位、很值得精心研读、值得好好珍藏、值得大力宣扬的好书。

这本书，所印的拓片清晰，注释精练，史料翔实，内容丰富。我抚摸着那一幅幅石刻拓印，阅读那些富有文采的释辞，仿佛是真真切切地触摸到了灵山的文脉，和畅游在悠久历史的长河里。

我们知道，盘古开天辟地，六峰山就开始坐落在那里，是远近闻名的一个风景名胜区，那喀斯特的地貌，奇峰，怪石，岩洞，古树，尽染秀色，弥漫灵气。这六峰山景区，我曾经攀登上去过多次，但现在翻阅了这本《六峰山风景名胜区崖刻选》以后，我突然感到惭愧，我却从来没有认真地注意过这六峰山上那满山的石刻，满山的文化。

我感到，这本书，的确是凝聚了灵山县政协的领导和文史委的同志多年的心血。特别让我感动的是，在这本书的"前言"里，"前言"的执笔者写道，灵山县的首任县志办主任、县政协文史委的一个副主任，曾对这县内的摩崖碑碣进行了普查誊录，尤其是对六峰山的崖刻下了不少工夫，以至临终遗愿就是嘱咐"前言"执笔者要做好全面整理介绍六峰山风景名胜区崖刻、古代灵山县志、苏村古宅石刻俗事像图谱、苏三娘传奇、灵山革命故事五件事。这五件事，每一件都是值得灵山县大书特书的文化要事。这五件事，实际上也是这位县志办主任、政协文史委副主任一生追求践行和情系梦萦的事。我虽然没有认识这位政协文史资料工作者，虽然这位政协文史资料工作者也已经不在人世了，但从"前言"执笔者那饱含深情的寥寥数语里，让我对这位已不在世的政协文史资料工作者，顿生了非常崇高的敬意，我能够深切地体会和想象得到，他一生的梦想，他一世要做的最大最重要的一件事，就是为灵山以至中华民族的文化事业的光大和文脉的传承，而鞠躬尽瘁。我有时在想，这些人也许有很多，但我觉得还是太少太少了。但愿我们的文化事业有更多这样的人，也有更多如《六峰山风景名胜区崖刻选》这样精美的好书。

正气凛然的门神

  记得年少时，凡大年三十，家中必贴门神。但见有一门神脸红美髯，手握大刀，威风凛凛。当时，我曾问过父亲，这人是谁？父亲说，这是关公。然当时毕竟年少，我仍不知关公为何方神仙。

  待到有一定阅历后，我才晓得关公是一个风云人物。尤其是读了古典名著《三国演义》后，我才品赏到关公是如何的温酒斩华雄，过五关斩六将，戎马一生，叱咤风云。

  有人说，"男不读《三国》，女不读《西厢》。"但我却偏爱读《三国》。记得初读《三国》时，不读则已，一读恨晚，以至手不释卷，通宵达旦。读后受益匪浅。当《三国演义》拍成洋洋几十集电视剧播放时，我看后仍感到不如读原著过瘾。

  有人读《三国》，深谙机变，玩弄权术。

  有人读《三国》，称兄道弟，拉帮结派。

  有人读《三国》，融会贯通，商海扬帆。

  有人读《三国》，探寻史谛，借古鉴今。

  而我读《三国》，则仰慕关云长那"财贿不以动其心，爵禄不以移其志"的高风亮节。每读《三国》，我都在想，当今之世，像关云长这样堂堂正正，两袖清风，一身正气的英雄豪杰，难道不应引为人生的楷模吗？也许千百年来，人们祈求官清吏明，民间才以关公为门神的吧。

天涯海角海青天

　　一九九五年的炎夏，我到海南。海南风光旖旎，亚热带风情迷人。"天涯海角""东郊椰林"，是丽岛景色的代表作。五指山，大东海，是宝岛风骨的恢宏气魄。万泉河水和娘子军的故事，还有鹿回头的爱情传说，为这海岛蒙上了一层真真假假的神奇色彩。五公祠、海瑞墓，在这天之涯、海之角，凝聚的是中国的历史，时代的风云。

　　我伫立在海瑞墓前，触摸到的是一朵历史长河里的正气浪花。在这之前，我对海瑞知之甚少。这如电视剧《包青天》一播，黑脸包公的光辉形象几乎人人知晓，而对中国历史上还有的海青天知之者或许不多一样。记得我读中学时，涉览书报，曾在《红旗》杂志等权威报刊上读到过批判京剧《海瑞罢官》的奇文，始识海瑞，且以为海瑞是个坏人，是剥削压迫劳动人民的帝王将相。此后，岁月流逝，海瑞渐忘了。此次，我有机会到了海南，到了这海瑞墓前，或许有缘，是要我再次认识海瑞的吧。

　　海瑞墓地坐落在海口市西郊滨涯村，不依高山，不临大海，是很不起眼的一洼平地。墓地既不雄伟，也不壮观，平平凡凡的一座坟墓而已。球形的墓堆，直立一大块石碑，镌刻着遒劲的碑文，一米多宽的墓道两边，间隔地站着如钦州冯子材墓前似的两排石人石马。这些石人石马任凭风吹雨打，始终默默无怨地守着海瑞的神灵。没抹灰沙的墓地上，芳草青青，花木整齐。墓地周围生长着海南岛上特有的一棵棵挺拔的椰树，阵风吹来，椰树叶子沙沙作响，如语如歌。环顾墓地，全被一派椰林风情抱拥着。我抚摸墓碑，细读碑文，犹似看到一个清正廉明，刚直不阿的铮铮铁汉，一股崇敬之情由然而生。

海瑞是琼山人，字汝贤，号刚峰，嘉靖二十八年以《治黎策》中举，初为南平教谕，后历任浙江淳安、兴国知县，推行清丈，均平赋税，平反冤狱。后上疏进谏，获罪下狱。世宗死后始得释。隆庆三年任应天巡抚，锐意兴革。曾接受百姓控告，勒令前内阁首辅徐阶退田。后被排挤，革职闲居十六年。万历十三年再起，先后任南京吏部右侍郎和南京右金都御史，力主严惩贪官污吏。其一生清正廉明，刚直不阿，勤政为民。民间有"海忠介公居官公案""大红袍"等传说。

我绕着墓地走了一圈。但见同游者中，有人在考究碑文，有人正作沉思状，有人却漫不经心，有人仅作风景闲逛，有人寻找最佳角度，摆姿作势地拍照留影。突然，我听到有人在对一拍照者说："在这拍照留影？海瑞是被罢官的啊，你就不怕倒霉？有个历史学家吴晗写了一出《海瑞罢官》，吃尽了苦头呢。"说者一本正经，不似玩笑。那被说者闻听此言后，瞬间脸上掠过了很不自然的神情，即刻不敢再拍照留影了。见此情状，我有些诧异和茫然。

恰在这时，有一同游者不知从何处拿来了三支燃着的艾香，恭恭敬敬地向海瑞墓拜了几拜，把艾香插到了海瑞墓前。我忍不住上前问他："你是求神显灵？是为官或是为财？"答曰："不为官，也不为财，只是敬仰这清官的浩然正气罢了！"闻言我心头一震，深受感动了。此景此情此言，不知那议者影者又作何感想？

我在海瑞墓前踟蹰，思绪万千。我实在是无意抒思古之悠情，发现实之感慨，在心深处，我只同那燃香的游者一样，由衷地敬仰海瑞清官，崇敬海瑞刚直不阿的浩然正气罢了。这时，天似有情，淅淅沥沥地洒下了大滴雨点。游者匆匆地躲避了，鱼贯般地挤上了旅游车。我不慌不忙地离开了墓地，伸手接着雨点，突发奇想，莫非这是天泪，为海瑞神灵而洒？如此一想，我心底有点激动。老天有眼，不忘海瑞。而在人间，我们又怎能忘了历史，忘了海瑞？海瑞是廉政的楷模，正气的化身。当今的世间，时代需要和呼唤的是千千万万的海青天、包青天廉洁为民，弘扬正气。

一座丰碑一首诗

"党的好干部""人民的好公仆"焦裕禄，是一座巍巍矗立的丰碑。

仰望这座丰碑，我在想，如果习近平总书记不到兰考调研，没有再次提起焦裕禄同志，没有提出学习和弘扬焦裕禄精神，在我们的党员领导干部中，不知还有多少人记得焦裕禄同志？

习近平总书记说："我们这一代人都深受焦裕禄精神的影响，是在焦裕禄事迹教育下成长的。我后来无论是上山下乡、上大学、参军入伍，还是做领导工作，焦裕禄同志的形象一直在我心中。"由此可见，焦裕禄同志这座丰碑，始终铭刻在习近平总书记的心里。所以，习近平总书记强调和要求：要特别学习弘扬焦裕禄同志"心中装着全体人民、唯独没有他自己"的公仆情怀，要特别学习弘扬焦裕禄同志凡事探求就理、"吃别人嚼过的馍没味道"的求实作风，要特别学习弘扬焦裕禄同志"敢教日月换新天""革命者要在困难面前逞英雄"的奋斗精神，要特别学习弘扬焦裕禄同志艰苦朴素、廉洁奉公、"任何时候都不搞特殊化"的道德情操。

认真学习领会习近平总书记在兰考调研时的重要讲话精神，重温焦裕禄同志的动人事迹，重看有关焦裕禄同志的影视剧，我对焦裕禄精神又有了新的感悟。在焦裕禄同志的事迹中，有个桌椅顶住腹部的情节，始终在我的脑海里挥之不去，让我感到特别的震撼，那就是焦裕禄同志身患肝癌，忍着病痛，拼命工作，鞠躬尽瘁，死而后已。及至追悼会上，一位村民泣不成声地说："俺的好书记，你是为俺兰考人民活活累死的呀！"

倾听着这位村民的心声，我们深切地感受到，焦裕禄同志的肝病是为人民劳累而造成和加重的。而在我们的生活中，也有很多人的肝病也是累出来的。当然，肝病的成因也许还有很多，那是医学上和另一方面的事。在这里，我想说的是，焦裕禄同志的劳累和焦裕禄同志的肝病，让我想到有些人的肝病不一定是累出来的，也许是因为"四风"喝酒喝出来的。在"八项规定"出台以前，社会上不是很流行喝酒"喝坏了党风喝坏了胃"这样的段子吗？年终考核靠酒验收，"跑部钱进"酒成媒介，招商引资催生"陪酒族"，酒量多少成了为官之道等，导致有的人午餐喝酒，晚餐喝酒，酒里来，酒里去，满身酒气，不接地气，终日都泡在应酬的酒场里。如此风气，如此折腾，他们的肝脏如何受得了？不患肝病不喝死了才怪！所以，我们经常在媒体的报道上看到，有的领导干部因为应酬喝酒喝出了酒精肝，有的因为拉关系搞交易喝到了胃出血，有的因为狂饮烂醉致死，有的居然还想把酒醉死亡的领导干部申报为"烈士"……如此状况的领导干部，哪里还有心思还有精力去践行党的群众路线和全心全意"为人民服务"？

因为这些，让我想起了一首诗："有的人活着 ／ 他已经死了 ／ 有的人死了 ／ 他还活着 ／ 有的人 ／ 骑在人民头上："呵，我多伟大！" ／ 有的人 ／ 俯下身子给人民当牛马 ／ 有的人 ／ 把名字刻入石头想"不朽" ／ 有的人 ／ 情愿作野草 ／ 等着地下的火烧 ／ 有的人 ／ 他活着别人就不能活 ／ 有的人 ／ 他活着为了多数人更好地活 ／ 骑在人民头上的 ／ 人民把他摔垮 ／ 给人民作牛马的 ／ 人民永远记住他 ／ 把名字刻入石头的 ／

名字比尸首烂得更早／只要春风吹到的地方／到处是青青的野草／他活着别人就不能活的人／他的下场可以看到／他活着为了多数人更好活的人／群众把他抬举得很高／很高。"很显然，焦裕禄同志就是这被"群众抬举得很高／很高"的人。虽然他死了，但他还活着，活在人民群众的心里。因为他"俯下身子给人民当牛马"，所以"人民永远记住他"。而那些脱离了人民群众，那些腐化堕落了的领导干部，即使活着，但在人民群众的心里，却是已经死了！

著名诗人臧克家的这首诗，虽然是 1949 年为纪念鲁迅先生而作。但这首诗，我们如今读来，感觉仍不过时，且特有警醒的意义。这首诗，依然能够衡得出焦裕禄同志在人民群众心中的分量，依然能够有力地鞭挞着那些脱离了人民群众，腐化堕落了的领导干部。

仰望着焦裕禄同志这座丰碑，想到了著名诗人臧克家的这首诗，让我再一次感受到，焦裕禄同志虽然离开人世几十年，但他始终没有死，他始终活着……活在我们党员干部和人民群众的心里。

一座丰碑，一首诗，也许还可以让我们想到很多很多，或想到我们的过去，或想到我们的现在，或想到我们的将来。而我始终在想的是，作为一名党员干部，作为一个公务员，我们必须像焦裕禄同志那样做人，那样做事，才能名副其实，才能无愧于人生。

水不再山依旧

　　延安，在中国共产党的历史上，是革命的圣地，是新中国的摇篮。遗憾的是，在这以前，我对于延安的憧憬和向往，都是从中共党史的教科书、从《西行漫记》《保卫延安》的描述、从《回延安》的诗情画意、从《在延安文艺座谈会上的讲话》等著名篇章的字里行间去触摸和体会的。延安于我而言，可以说是既熟悉又陌生。熟悉的是，我从中国共产党的历史上，从文学、戏剧、诗歌、影视的作品中，已经无数遍地遥望过杨家岭的窑洞灯光，宝塔山下的红旗飘扬，奔腾不息的延河水，聆听过南泥湾里的歌声，体验过延安保卫战的弥漫硝烟，抗大、鲁艺的豪迈与激情……陌生的是，这么多年来，直到建党89周年的七一前夕，我才第一次有机会到延安，亲历神吻这一梦牵情系的革命圣地，寻觅革命先辈和伟人的足迹历程。

　　我们是先乘飞机到西安，再从西安乘中巴车往延安。我们哼唱着《南泥湾》等红歌经典，沿着盘山公路翻山越岭。这一路上，透过车窗外陕北黄土高原的沟沟壑壑，我都在想，岁月流逝这么多年了，世事变迁，地覆天翻，现在的交通和条件，我们乘车还要艰苦颠簸几个小时，累得腰酸骨痛、口干舌燥。因此，我在遥想，当年那些先辈们是怎么跋涉在这黄土高原里的沟沟壑壑的？难以想象！还有那些志高血热青年、仁人志士、富公子、娇小姐，他们抛弃富贵优裕的家庭，离开灯红酒绿的繁华都市，为了中华民族的振兴，追求崇高的目标理想，毅然奔赴延安这一革命圣地时，是何等的坚强、艰辛和不易，又是何等的热血、激情和执着。

当夜幕降临，我们终于抵达了延安市区，并住宿在杨家岭的窑洞里。这杨家岭的窑洞，是一个很有意蕴和故事的地方。重大的党史风云姑且不说，单就革命先辈的掌故轶闻，至今仍为当地的人们津津乐道。他们兴致勃勃地聊到，当年毛泽东和江青结婚时入住的洞房，就是在杨家岭。然而，现在杨家岭的窑洞和灯光，已经不同当年了。我们所住杨家岭的窑洞，已有空调、洗漱间、电视机、电灯电话。一排排一层层窑洞的门前，张挂着一个个大大的红灯笼，显得精彩而独特，与城区里的灯光，辉映成亮丽的夜景。我环视着窑洞里的设置，瞬间设想，如果当年就有这样现代化的设施和温馨，也许就没有《纪念白求恩》《整顿党的作风》《反对党八股》等著名篇章的问世了。

在延安，我们仰望凤凰山、清凉山，登宝塔山，走过延河，走进枣园，徜徉王家坪，步上中央办公厅旧址的台阶，跨过中央大礼堂的门槛，端坐在七大庄严的会场里，以及驻足在毛泽东、周恩来、朱德等老一辈革命家战斗和生活过的旧居窑洞前，跟着讲解员在延安革命纪念馆里重温党史，凝视端详着革命先辈们用过的件件实物和手迹遗作，肃目崇敬地留览旧址和纪念馆的墙上那一幅幅黑白旧照片里那些革命先辈们的飞扬神采……无不让我们感动得心灵震撼，深深感受到那段激情燃烧的岁月，感悟到延安精神的意蕴真谛。虽然，滚滚的延河水已经不再，但巍巍的宝塔山依旧。宝塔淡定穿越，见证历史的沧海桑田，延安精神的发扬光大，中国的强盛辉煌。我们站在宝塔山上，俯瞰着古旧窑洞与新筑高楼并存的延安城区，情不自禁地从心底里翻腾着无限的感慨。没有革命先辈们的浴血奋斗，哪有延安今天的发展？延安的过去、现在

和将来，其实就是我们中华民族、我们党、我们国家的缩影。

　　走进延安，感怀党史，感悟真理。延安的过去和现在，值得我们品味、思考的地方实在太多太多。我们向往延安，更向往延安精神。在延安，我们一次次地举起手中现代化的数码相机，留下一幅幅革命史诗的陈迹画面，党的光辉历程，延安精神的真谛，再一次在我们心中深铭定格！正如延安街头飘扬的红色歌声，无论是深沉是抒情，或是奔放是激越，所回旋的主旋律始终是党的光辉、延安的精神永放光芒！

小楼辉煌

　　建党 89 周年的七一前夕，我到了延安。两年后的建党 91
周年来临的七一前夕，我又有幸到了遵义。延安与遵义，这
两个山沟沟里的曾不起眼的小山城，却在推动中国历史发展
的银河里，成了两颗照耀中国的大红星，在中国共产党的史
册上，铸造了辉煌的一页，树立了不朽的丰碑。

　　历史上的今天，我不知道还有多少人向往遵义，和记得
遵义会议的历史意义和伟大作用。我常遇到一些年轻人在提
及贵州时，他们兴致勃勃的多是醇香四溢的茅台国酒，飞流
直下的黄果树瀑布，很少听到他们议及遵义和遵义会议会址。
而对我来说，很多年以来，遵义和遵义会议会址，就已在我
的脑海里深刻铭记，心驰神往。在学生时代，我们学习中共
党史，遵义会议必是重要的一课；我自认识中国共产党和成
为其中一员后，遵义会议的历史意义和伟大作用，又让我一
次又一次地感受到中国共产党的苦难与辉煌。中国共产党在
遵义会议后，中国革命在中国共产党的正确领导下，从胜利
走向胜利，从旧中国走出了一个新中国。党的十一届三中全
会后，中国的改革开放又开创了一个春天的时代。遵义会议
和十一届三中全会，都是中国共产党的重要会议，都是不同
时代的历史大转折，都在推动着中国走向民族的复兴，走向
国家的富强！所有这些万千思绪，是我这次到达遵义时，第

一次驻足在遵义会议会址时的激情感慨。

记得那天坐在中巴车上，刚从贵阳向遵义出发，我的脑海就开始澎湃着中共党史的记忆。途经乌江，有人惊呼："快看，那是乌江！"我当时没有站起来看，我只是在默默感受，想象着和感受着当年红军如何四渡赤水如何突破乌江。岁月流逝，时代变迁，现在的乌江变了，一桥飞架，天险已变通途；贵州变了，变得我们到遵义已不觉得遥远。中巴车奔驰在高速路上，不用多久我们就到达了遵义城区。遵义城区与我想象中的截然不同，完全没有一些革命老区那种落后与贫穷，其繁荣与风貌已与我们沿海城市没有多大差别。据介绍，该市除为历史文化名城外，还是贵州省着力打造的"名烟名酒名茶"基地。由于当地的热情接待，我们的中巴车直接开到了遵义会议会址大门前。临街的会址大门，正中高悬巨匾，毛泽东1964年手书的"遵义会议会址"六个大字，苍劲有力，在朱红的墙门映衬下，显得金碧辉煌。我和同行们从车上下来，就争着在这字匾下留影。进门即见一栋小楼，小楼为两层，外形西式，房间中式，小楼四周是凉廊，是中西合璧的佳作。小楼也许经过多次的翻修，但几十年过去，如今依然保存得十分完好。不用接待的人员介绍，我们就已感知这栋两层小楼是遵义会议召开的地方。因为我们已经多少次在画册、邮票、影视等诸多媒介上，触摸过这栋独具一格、孕育时代风云的小楼。讲解员向我们介绍说，当时，这幢小楼是黔军25军第二师师长柏辉章的私人官邸，后被红军接管，因遵义会议而举世闻名！现在，当我们真正处身站在遵义会议会址前时，无不感到格外激动和庄严，此情此景此时此刻，我们仿佛置身于那交织着血与火，交织着梦想与跨越的伟大远征。这普普通通的山区小楼，也许当初谁也想不到它在中国历史上的非凡与作用。当我们回过神来后，我们再一次整衣捋发，举起相机，庄重地要留下我们到此瞻仰的难忘一刻。当我们正争相留影时，讲解员笑着说我们太激动了，热诚地引导我们站到标有记号的最佳位置上去留影，这才让我们以小楼为背景，身心沐浴着遵义会议的光芒，一个个地定格在数码的记录里。在这一过程中，我怀着对会址的敬重、对伟人的仰慕、对那个决定中国命运时刻的感动，一种庄严肃穆的崇敬感从心灵深处发散开来，一名党员的自豪感与神圣的使命感深深地烙在骨子里。

这时，不知何故，天空突然飘落淅淅细雨。穿过细雨，我们走进了遵义会议陈列馆。陈列馆整个布展面积达 2600 平方米，分为战略转移、遵义会议、四渡赤水、胜利会师、永放光芒 5 个部分，采用雕塑、绘画、景观、多媒体等形式，精心布置有文献、图片、实物及场景，全面、真实地展示了中国革命史上那段波澜壮阔的历程，让我们随着展示，穿越那当年的历史烟云。如果说，长征是一部伟大的史诗，遵义会议就是这部史诗中最扣人心弦的乐章。遵义会议后，中央红军在毛泽东的指挥下，四渡赤水，巧渡金沙江，强渡大渡河，飞夺泸定桥，翻雪山，过草地，突破腊子口，跨越六盘山，穿越纵横 11 个省，胜利完成战略大转移，浓墨重彩地谱写了中国革命的新篇章。

当我们离开遵义会议会址时，我转头回望，会址依然如故地格外平静，格外庄严，似在对每一个瞻仰者宣示，其丰功伟绩，任由后人评说。回望这栋中西合璧的小楼，我心灵一颤，这云贵高原上的独特小楼太神奇了。中国历史的进程因这小楼里所出现的一幕，竟导致了重大的转折。这小楼，这转折，让人思考的东西太多太多了。遵义会议是中国共产党历史上一个生死攸关的转折点，标志着中国共产党在政治上走向成熟。遵义会议的一系列重大决策，体现了老一辈革命家审时度势、沉着应对、化危为机的战略眼光和从容气度。时至当今，仍不失为每一个领导者效法的楷模。尽管战火和

硝烟已经远去，历史的印迹已刻在沧桑的岁月里，当年的遵义会议已经成为回忆，但遵义会议的精神仍将永远鞭策着我们每一个共产党人。

我徜徉在遵义会议陈列馆的展厅里，透过那些雕塑、绘画、文献、图片、实物和多媒体影像，重温这段党史的苦难与辉煌，纵观当年中国共产党的一次次挫折，我突然感到，正是遵义会议坚持了实事求是，才认清了问题的症结所在，才分清了大是大非，才作出了正确的抉择，在中国共产党和红军到了生死存亡的危难时刻，才挽救了红军挽救了党。什么是实事求是？这就是实事求是！史实证明，实事求是是遵义会议精神的精髓！

从遵义返程的途中，车窗外掠过的仍是云贵高原的青山绿水，而我脑海里浮动的仍是小楼里遵义会议上那群伟人的激烈交锋……他们一次次地让我深刻的感悟，一次次地给我们以深刻的启迪。

星条旗下的星星点点

古人说：读万卷书，行万里路。而在去年十月的金秋时节，我却是行了万里路，去读二十多天的书，到美国参加一个专题培训班。这次培训，是我第一次踏上大洋彼岸那仅有二三百年历史的美利坚合众国。

一到美国，我的第一印象是，我看到了很多标志性的建筑，高速公路边的休闲区，甚至一些小巷转角，一些看似很不起眼的地方，都张挂有和飘扬着星条旗，让你经常感到，你正行走在美国。这是否也是美国的一种精神宣扬和意识形态？

在美国，我们一下飞机，就开始乘车奔驰在高速公路上。美国的高速公路，就像我们常在电视新闻上看到的那样，并没有什么不同，一样是车水马龙。然而，来接送我们的培训部人员说，美国的高速公路，虽然车多，流量大，也免不了有车祸，但所有驾驶员所驾驭车辆，都非常注意严格遵守交通规则，基本是保持车速车距，决不会争先恐后，即使是塞车，也不拥堵，更不会随意占用应急车道。果然，在路上，我们先后遇到几次塞车，也没有拥堵；看到几次事故，也没有看到有争先恐后或占用应急车道的现象。这让我想起了我们高速公路上的行车，想起我们的节假日、黄金周时高速公路的通行乱象，及拥堵占道状况，想起我们的交警骑自行车处理事故的特色。我在想，这是否在某些方面，也反映出一个国

家管理水平、法制建设和文明进步？

　　到达美国的当天下午，我们先是入住在城区郊外的一家宾馆里。我们放好行李，步出宾馆，秋高气爽，环境幽静。但见宾馆周围，却是一片乡村原野，因为当时正是美国最美的季节，所以，放眼看去，多是秋色红叶，美艳如画。然而，对于我们来说，美是美了，我们却有些疑惑，这到美国来，怎么安排我们住到这冷冷清清的乡村里？莫非是节约经费？负责接待安排的培训部人员向我们解释说，在美国，城乡已一体化，很多人多是白天往城市里跑，去城区里上班工作，晚上则是往郊区外撤，住到郊外的乡村里。培训部的人员玩笑地说，说穿了，在美国，是有钱人住乡村，穷人才住城里，晚上的城市，有的是空城，是"鬼城"。后来，我们还了解到，如洛杉矶，白天是繁华的都市，有梦幻的好莱坞影城，有著名的星光大道，但一到晚上，在洛杉矶的市中心，就是一个很不安全的城市区域，活跃的就是一些很不安分的人。所以，在美国，乡村是很多人热爱居住和向往生活的地方。这又让我想起，在我们国内，我们向往的是城市的生活，我们的城市房地产在不断地拓展延伸，我们的城市房价在扣人心弦，多涨少落，我不知什么时候，我们的生活观念也得来个新的转变，我们的国家也加快像美国这样的城乡一体化，我们也有美丽清洁的乡村，我们也有新的生活向往？

　　在美国，我竭力想感受，这个帝国主义、资本主义国家到底是天堂，或是地狱。我们在那里培训学习期间，接触最多的是跟随我们培训学习期间负责后勤服务的两个人，他们两人都是我国改革开放初期到了美国，现已在美国工作、生活了二十几年，其中一个原是北京政法部门的公务员，为了照顾在美国读书的儿子而辞职到了美国；一个家在山东，原是国内名牌高校的高才生，读了硕士就出了国，想在美国寻求更大发展。但他们说，他们历经这么多年，现在和很多人一样，在美国过得并不怎么样。这不禁让我想起了那部很有名的电视剧《北京人在纽约》。我们在与他们的交流中，他们的随意谈吐，时常流露出对国内发展的真情感慨，对国内生活的留恋羡慕。他们说，到美国后，有钱了，自由了，不用再看人的脸色办事了，但人际关系却也寂寞多了。他们说，像他们这样的很多人，到了美国后，尽管工作和生活了很多年，但因为根子、民族、文化、传统意识、生活习俗等这样那样的原因，至今很多人仍是在华人圈子里转，所以，很多人其实是永远没法和没能融入美国生活里。听他们如此说，我们再接触多了一些类似他们这样的人，所见所闻，我在想，像这些到了美国的人，这是幸呢或是不幸？那些记者们，为什么不像采访国内的人一样，也采访一下他们："你幸福吗？"从另一个角度，我又在想，这是否说明，我们的国家也是在越来越发展，我们的生活也是在越来越美好了？

　　这是我在美国的一些观察和思考，也是我们在异国他乡的一些感受。在美国，在马里兰州卡普尔大学的培训学习，也让我们增长了不少见识。其中，我们的培训学习方式方法，完全是一种开放的、提问的、探讨的、互动的、交流的方式方法。课堂上的教学气氛轻松活跃，师生之间相互提问答问，不拘形式。甚至老师还在课堂上给我们发巧克力，以此调节课间沉闷，防止我们听课时打瞌睡。

　　当培训学习结束，在离开美国即将返回国内时，我们也不能免俗，我们也逛商场，也想购物，也真真切切地遇到了很多大把花钱、大批购买名牌奢侈品的现象，但见有些从国内来的旅客，一人拎着几个名牌皮包包，或一大搂名牌服装，或一盒盒名牌化妆品。正如有人说过的，入境时是旅游、考察的，出境回去时都变成了打货的。这时，我心底不禁涌起无限的感慨，我们既为中国改革开放发展了，人民生活水平提高了，中国人有钱了，而高兴而自豪，又为很多人因为崇洋，

因为盲目，因为我们的产品质量，因为很多很多这样那样的因素，而感到沉重和深思。我没想到的是，这星条旗下的点点见闻，居然让我想到了很多很多……

走在星光大道上

想当年，因寻找外景地而发现了好莱坞的摄影师，当时绝不会想得到，洛杉矶郊外的一个小小村庄，日后会成为一个庞大著名的电影城，成了美国电影的代名词。当今的好莱坞，已不单是美国电影的制作中心和美国卡通片的制作中心，而且也是美国电视的摄影中心，是美国响当当的名胜。所以，如果你有机会到美国，如果你不去一下洛杉矶，不去逛一下好莱坞影视城，不走一走那星光大道，也许会是一个很大的遗憾。

2012年的金秋时节，我有机会到了美国，到了洛杉矶，我跟随着导游，像揭开影视神秘面纱般的逛了一趟好莱坞影视城，兴致勃勃地走在了星光大道上。

然而，现今过去差不多有一年了，好莱坞影视城制造的那些狂风、暴雨、洪水、地震、鲨鱼、海盗、枪战、恐龙、金刚、米老鼠等，已如过眼烟云，我几乎都淡忘了。唯有好莱坞星光大道上那些星形的奖章，那些明星们的手印、脚印，还那么清晰地留在我的脑海里。在好莱坞的星光大道上，有座69呎高的青铜色屋顶高入云霄的中国戏院。在这戏院的前庭，有170多位明星所留下的手印、脚印。很多著名好莱坞影星如丹泽尔·华盛顿、汤姆·汉克斯、哈里森·福特、梅尔·吉布森、汤姆·克鲁斯、阿诺德·施瓦辛格、迈克尔·

杰克逊都在这里留下了手印、脚印，就连唐老鸭也在这里留下了可爱的脚印。这些明星们的手印、脚印，吸引着一批又一批的游客到此一游。这些明星们的手印、脚印，为著名的好莱坞再增添了一道独特闪耀的风景。

记得当时，我走在这好莱坞的星光大道上，抚摸着那些明星们的手印、脚印，我并没有追星族的狂热，也没有寻找偶像的渴望，我有的只是不解的困惑，这是如何起缘的创意呢？这些大牌明星们，为什么要在此留下他们一个个的手印、脚印呢？他们是想继续扬名，或是想在此流芳千古？我一边揣着照相机拍照，一边在漫无边际地思索。

我来来回回地走在这好莱坞的星光大道上，边留览边想着，也许那些明星们，他们之所以在这好莱坞的星光大道上，一个个地留下了手印、脚印，也许是在向世人告示，他们的名誉来之不易，他们的名利双收，是靠他们的双手打拼所创造；他们所走过的成名历程，是一步一个脚印，每一个脚印，都充满了跋涉的艰辛。这些手印、脚印，也许揭示的是，任何人的任何成功，都离不开双手的创造，离不开追求和奋斗的足迹。所以，从那以后，我始终忘不了好莱坞的星光大道，忘不了星光大道上那些明星们的手印、脚印，忘不了手印、脚印所给予我的人生启迪。

大洋彼岸的囧购囧事

　　国内旅游，很多人最讨厌的一件事，也许就是导游带你进出那些旅游商店了。然而，导游也是无奈，一方面，这是公司的规定；另一方面，也许这是导游的生活来源，或是导游的生财之道。而在国外，就有些不同了，很多人就生怕导游少安排或不安排去逛商场，去购物。在旅途上，有些人与导游聊得最多的，是问什么时候安排去购物？这个国家这个地方有什么最值得买回去？有这名牌那名牌否？当导游逐一介绍后，有人就会马上用手机上网查，与国内的亲友通电话，摸摸身上和包里的美元及信用卡，开始作好买多少东西的准备。以至有导游总结出了一句很经典的话：入境时都说是来旅游、考察的，出境回去时实际上一个个都变成打货的了。

　　这说法确实一点也不夸张。去年十月，我有机会到了一趟美国。时差还没倒过来，就听到有人嚷嚷着要去商场要去购物。次日，我们从华盛顿出发，坐了差不多一个小时的车，到了一个所谓工厂直销点。这是旅游产品销售点，美国的名牌服装名牌皮鞋名牌包包几乎都集中在这里销售。据导游说，在美国，这样的直销点很多，主要是迎合那些来美旅游的人的崇美心理，专供那些来美的外国人购买美国的品牌产品。到了直销点时，我发现这里游客如云，且多是中国人。每间店门，售货员都笑脸相迎。但若你用中文问她，她似乎什么

都听不懂，而你一说要买什么东西或在什么地方交钱，她马上就明白。但见那些从国内来的人，一个个手上拎着好几个名牌皮包包，或一大搂名牌服装，或一盒盒名牌化妆品，好像这些物品都不要钱似的。待你钱包掏空了，信用卡刷爆了，返程的时候客车几乎就变货车了。大家集中回到车上后，有的说，包里没美元了，信用卡也刷空了。有的说，这鬼佬印美元怎么搞的？100美元与10美元看起来似乎都没多大差别。刚才进店时是一大沓美元，现在出回时还是一大沓美元，但100美元的钱币现都变成找补回来的10美元了。有的不再吭声，因为购物购累了，以致到了景点也没心情看了，或干脆就待在车上，说头晕了。甚至有的到了后来，一听到又有新的商店可购物，却因为钱包空了，信用卡空了，脚也都软了，连车都不敢下了。在我们的同行中，有位老兄，刚到美国的第二天，一出手就花了2100多美元买了一块浪琴石英表，按时价兑换近二万元人民币。后来，大家一路走，一路对比，一路议论，一车人都说这来美国买浪琴机械表还可以，买浪琴石英表就不值了。说得这老兄一路后悔，一路心痛。说到最后，居然有人又嚷嚷着劝他干脆退货算了。在美国，你买的商品，如果你觉得不满意，或有质量问题，是很容易退或换的，如服装，包包，凡名牌产品，都很容易退换。如我们同行中有位老兄，买了一件名牌衬衣，穿了两天，到了下一个城市，他竟拿去退了，还显得很得意很聪明似的。这实质上反映了文化教养和道德素质问题。最为搞笑的是，我们同行中有个老兄，有次进商场时，一眼看上了一款名牌皮鞋，物美价廉，与国内对比，这标价折合人民币比国内便宜了近千元。这老兄眼都不眨，试也不试，一下子就买了好几双。待回到宾馆，同一宿舍的人要拿出来欣赏欣赏，这才发现其中一双是两个鞋子都是同一脚向的，真所谓成了"买一送一"的了。这下可麻烦了，待到了下一个城市的同一品牌店时，这老兄想把这双同一脚向的皮鞋退换，可人家却不同意了。因为人家搞不清楚你是怎么回事，怎么买了两个同一脚向的鞋子？退了怎么配套卖得出去？那老兄语言又不通，没法与鬼佬交流解释，所以，这双皮鞋没法退。累得那老兄坐下来时，呆呆地盯着这双退不了的两个同一脚向的皮鞋，心痛而又无可奈何地说："美国佬的脚转基因了呀？要不，美国佬的皮鞋怎么做成同一脚向的了？"当时，我一边哈哈大笑，一边用相机抓拍了下来，立此存照。回来后，当我空闲整理照片时，我发现了这张照片，仍情不自禁地笑了，这是囧购囧事啊。就为这双皮鞋，我还听说，这老兄很不服气，后不知怎么搞的，他还居然千方百计地找了个机会，溜进了一间品牌鞋店里，偷偷地调换了一只另一脚向的皮鞋。只是牌子对了，但仍找不到同一号码的，那换回来的一只鞋，还是稍小一码的，但这迁就着穿也基本看不出来了。我没想到，这世上居然有这样的囧事。我不知这世界到底怎么啦？我国是改革开放发展了，经济生活水平提高了，我们有些人是有钱了，但也不至于这样崇洋"迷"外和贪图便宜吧。

说实话，看着这些人狂购，我也是凡人，我也动心。惭愧的是，我却没有他们那样的经济实力。有一次，在一个购物店里，我看上了一个茶壶，这茶壶是生铁浇铸的，圆圆黑黑，古色古香，造型别致，粗犷朴实，美观实用，还配有两个生铁茶杯。如两个朋友坐在一起用这品茶，显得非常有品位。我当即就买了两套，计划一套留用，一套送人。但买了后，走了两个城市，我觉得有些不对劲了，一是这茶壶是生铁浇铸，分量很重，我还要辗转几个地方，下车登机，千里迢迢，怎么携带？二是这茶壶是日本制造。我们不是与日本鬼子为钓鱼岛的问题闹得沸沸扬扬吗？国内有人正抵制日货，每天晚上的各电视台几乎都在播放电视剧正狠狠地揍那些日本鬼子，我这倒好，居然从美国带日货回去，这算个什么事啊？于是，

我携了这套茶壶走了两程，最后还是把这心爱之物退了。

回想这些在美国之旅的囧购囧事，我有时觉得很有感慨。我们的国家在不断发展和不断强盛，我们的经济实力和个人腰包越来越鼓，我们很多人出国购物已是一掷千金非常豪气，但我们的文化素质呢，我们的产品品牌呢，我们的外经外贸呢，我们的旅游事业呢……还有，我们所追求的意向，我们所存在的差距，还有很多很多，都有待于我们去思考，去升华。

那年的金秋时节

那年的金秋十月，我在飞越大洋彼岸的上空，苦苦熬了十几个小时，终于到了美国，参加在马里兰州卡普尔大学组织举办的一个专题培训班。

这次培训，主要内容是社情民意与议政建言机制建设。参加培训的人员，有省级机关处室的领导，有市级机关的秘书长和专委主任，有县区机关有关部门的领导。

当飞机穿越到美国的上空时，我的心情很激动。美国，这个西方世界的超级大国，对我来说，既熟悉又陌生。熟悉的是，在每天的新闻媒体上，我都能看到和感受到，油价的涨落，股市的攀升，世界风云的变幻，几乎都与这个超级大国的"感冒咳嗽"有关。陌生的是，我这是来到了这个地球五十多年后才第一次到美国。所以，当飞机在美国纽约上空开始降落时，我就很心急地脸贴舷窗，睁大眼睛往地面看，我好像一下子就想把美国尽收眼底……

这次到美国培训，我们入住在马里兰州卡普尔大学培训校区的一家宾馆里。宾馆普普通通，建造风格和内部设施与我们国内的一般宾馆差不多。走出宾馆门口不远，就是我们培训上课的综合楼。这里环境优美清静，纯粹是一片乡村。树林成荫，绿草茵茵。所有的楼房，几乎都掩蔽在秋色红叶的枫林里，天然和谐，风景如画。随手用相机一拍，就是一幅天然绚丽的油画，让你充满了诗意与遐想。当我们的培训班开始上第一节课时，美国老师就自豪地对我们说，你们这个时候到美国来，是美国最好最美丽的季节。听老师如此一说，在教室听课时，我常常忍不住朝窗外看出去，欣赏那红色的枫叶所营造的美丽秋色。以至于时隔差不多一年了，我仍然对这美丽的异国金秋，留下了难忘的记忆和美好的眷恋。现我还记得，我们所路过的美国乡村，几乎都是生态良好，清洁干净，环境优美的美丽乡村。后来，我们在与培训部的老师闲聊到这一印象时，他们告诉我们说，现在的美国，很多人多是白天往城市里跑，去城区里上班工作，晚上往郊区外撤，住到郊外的乡村里。说穿了，在美国，多是有钱人住乡村，穷人住城里。如很多流浪汉就是在城市里逛游，露宿街头。所以，在美国，乡村是人们热爱居住和向往生活的地方。而相比之下，在我们国内，我们向往的还是城市的生活，我们的城市房地产还在不断地拓展延伸，我们的城市房价还在多涨少落，影响生活。如此看来，我们的生活观念必须有个新的转变。我们现在正在广泛开展的"美丽……清洁乡村"，无疑地就是我们这未来生活的新的追求和向往。

在美国的培训，给我们授课的，还有一个如秋色般靓丽的美国女老师，就像我们年少读书时的班主任。她个子不高，脸上的笑容温柔甜美，言谈举止透着良好的文化气质。她讲课随和，不拘形式。除了利用多媒体演示讲解外，还不时地结合课程内容，调出电脑里收集储存的照片，热情、大方地向我们介绍她的丈夫，她的儿子，她的家人，她的党派取向，她们的工作、生活和参与民主的方式。从这老师的讲授，让我们不知不觉地感受到，在美国，在马里兰州卡普尔大学的培训学习，并不像我们国内培训那样，程序那么系统，内容那么连贯，方式那么正统。这里的培训学习，完全是一种开放的、提问的、探讨的、互动交流的方式方法。课堂上的教学气氛轻松活跃，师生之间的学习研讨，有如朋友般坐在瓜棚树下的聊天。有一堂课，这老师还给我们分发了当时美国正搞总统竞选的宣传资料，要求我们学员分成两组，模仿当时的民主党奥巴马与共和党罗姆尼竞选总统的辩论。更让我感到意外的是，这老师还自带巧克力来，一边介绍巧克力的品牌，一边在课堂上分发给我们，说是调节课间沉闷，防止我们秋天听课时最容易打瞌睡。我们就在这轻松随意的学习氛围中，不知不觉地增长了对美国的社情民意与议政建言机制建设的知识。

在美国的培训，老师多是站着讲课，累了也坐下来接着讲。而翻译老师就不同了，始终在旁边坐着翻译。翻译老师都是兼职的，是培训中心在中国赴美留学人员或赴美研究学者中聘请。所以，翻译老师在翻译过程中，常常遇到听不清楚怕翻译有误的情况。每当这时，翻译老师就先与授课老师当场交流探讨一番，待弄明白后，才向我们作准确而详细的翻译。有时，翻译老师还能结合中国的国情，对美国授课老师所讲的内容，作更加深入浅出的补充阐述和解释，让我们对美国的社情民意与议政建言机制的建设有更为广泛而深入的理解。

我们这次在美国的培训，来去匆匆，时间很短，仅仅为期才二十多天。但我们已感到收获颇丰。在培训学习期间，我们还结合课程的内容，分别参观了美国国会、马里兰州议会，我们到了马里兰州的华盛顿郡进行了深入的学习考察，详细听了这个郡的情况介绍，观看了这个郡的资料专题片，与这个郡的主要负责人和工作人员进行了座谈交流，有如结业前的一次实践。

当我们圆满地完成了培训时，我们还举行了简约而有意义的结业仪式，培训部的负责人和授课的老师逐一为我们每一个人颁发了结业证书，与我们一一合影留念。我们感谢和回赠给老师的是我们广西的壮锦，让老师永远记得我们中国有个广西，记得我们广西有美甲天下的桂林山水。

　　回眸去年金秋时节在美国的培训，我不想写成一份千篇一律的学习体会，我只是摘下一片红叶，记下这些点点滴滴，以让我的同事们能从中得到一些有益的启迪。

家乡门前的那条河

　　不知从什么时候开始，我们的城市越来越干净，越来越美丽，而我们的乡村，却多是垃圾乱堆，废物乱烧，污水乱排，生活环境"脏、乱、差"，村容村貌越来越不美丽了。"花褪残红青杏小，燕子飞时，绿水人家绕"的诗意栖居似乎没有了。我们的乡村已不再是一片净土。因此，我总是情不自禁地想起家乡门前的那条河。

　　家乡门前的那条河，源自于十万大山，叫大直江。江不大，河不深，弯弯曲曲，绵延几百里，就汇归了大海。因不是名川名河，故没有"黄河之水天上来"的奔放豪迈，也没有"两岸猿声啼不住，轻舟已过万重山"的神奇冲击。在我家乡，她只是一条普普通通的、温柔宁静的、美丽可爱的母亲河。这条河，所走过的地方，也曾经沃野茵茵，鲜花盛开，稻米丰硕，牛羊肥美。那时，清清的河水，缓缓地流淌。青青的翠竹，沿着两岸茂盛的生长。丛竹绿叶，把河水衬映得嫩滑碧绿。那时，宽阔的河面上，经常有很多竹排撑过。有些竹排上，还列队站着鱼鹰，随时等待着主人的一声令下，就"嗖"地插进水里去追逐捕猎，叼起一条条肥美的鱼来向主人邀功。

　　家乡门前的那条河，让我度过了美好难忘的少年时光。在我年少的时候，我常常是一当放学，就赤裸裸地、迫不及待地跳进河里，冲刷一身的汗酸，洗涤一课堂的疲惫，与小

山水之间
shanshui
zhijian

伙伴们尽情地挥臂嬉水。尽管有好几次，我差点淹死在这条河上，但我仍是不知生死，仍爱冲动地投入到这条河流的怀抱里。

记得很多年前，我家乡门前的那条河，也和千百条江河一样，有着大浪淘沙东流去的辉煌。也就是说，如果是一连数日的暴雨，即山洪暴发，河流就会激动得变了颜色，形成滚滚洪流，漩涡汹涌，席卷两岸的枯枝败叶，吞噬而去。等雨停了，天晴了，洪水退了，河流更干净了。没过几天，河流的水又会变得更加清澈更加碧绿了。这时，会因为河水上涨，又会有很多樟木货船，逆流而上，泊岸而停，把从城里运来的百货卸下船来，把稻米山货装上船去。那时，陆路交通没有现在这么发达，这条河流便成了山里通向山外往返货运的一条黄金水道。

那时，家乡门前的那条河，就是这样的充满着生活的气息，这样的清丽和可爱，这样的川流不息，不知流过了多少岁月，流淌了多少的故事。

然而，不知从什么时候开始，我家乡门前的这条河，渐渐地变得有些污秽和苍老了，仿佛一夜之间，就失去了那天生丽质的姣好面容。河岸上的竹林稀疏，竹叶枯黄；河里的竹排货船，几乎没有了；河床水道，变浅变窄了；静静河水，变黑变浊了；河流被污秽得有些惨不忍睹。我凡每次回到家乡，我都几乎不敢伫立在这生我养我的母亲河边，我怕她那无声的责骂：你们都在干了些什么呀？你们就是这样生活的吗？

我知道，她是在诉说，我们乡村的生活越来越富裕了，但人们清洁环保的意识却越来越淡薄了；很多年来，有很多的人，爱把各种各样的生产生活垃圾都随便地扔掉到这河岸上来，把家里的污垢浊水，都往这河道里排。

我还知道，在我的家乡，矿藏丰富，但却有很多人在滥挖乱采，以致千百年来养育的水源林被破坏了，那些筛矿洗矿所淘汰出来的污水泥沙，肆无忌惮地都冲塞到这河上来了，以致家乡门前的这条河，渐渐被淤塞得几乎成了一条污水沟。

每当我面对着家乡门前的这条河，我就仿佛听到她在向我们不断的诉说，美丽中国，应该美在大好的河山，美在我们生于斯长于斯的高山湖泊、海洋河流、森林草原、平原丘陵，还有那花鸟鱼虫、飞禽走兽，以及蓝天白云、日月星辰、风雨雷电、冰霜雨雪。美丽中国，必须清洁乡村，让生产空间集约高效，让生活空间宜居适度，让生态空间山清水秀，给自然留下更多生息空间，给农业留下更多农田，给子孙后代留下天蓝、地绿、水净的美好家园。我们追求和向往的，应是诗意的栖居，美好的生活。

也许是因为母亲河的这些不断的诉说，我们终于觉悟，我们终于行动，美丽中国，美丽……美丽……清洁乡村，让"旧时王谢堂前燕"，能再"飞入寻常百姓家"，让我们乡村的生活，也如城市一样清洁美好。因而我欣然地感到，美丽中国，清洁乡村，我家乡门前的那条河，定会洗洁干净，重新焕发出美丽的青春。

梦萦情牵家乡路

　　外出也好，闲聊也好，有些人就爱这样问：你是哪里人？每当这时，我就很自豪地说：我是钦北人。然后，我就解释，我的家乡，在十万大山脚下的一个三县区交界的角落里，往南，地接防城，向西，山连上思。

　　我的家乡，是个好山好水的好地方，那里人杰地灵，山清水秀；那里有丰富的锰铁矿藏，还有漫山遍野的杨梅飘香。

　　我的家乡，唯一让我心里堵得慌的是，条条大路尚没通畅。通往我家乡的路，虽然往三个县区的方向有三条大路可走，然而，凡是到过我家乡的人都埋怨，无论走哪一条，都是坑坑洼洼，破烂不堪。

　　家乡的路，让我惭愧，让我梦萦情牵。

　　鲁迅先生说："其实地上本没有路，走的人多了，也便成了路。"鲁迅先生这所谓的路，是走出来的。哪怕前方没有路，也要开创出一条路来。表明的是要敢为天下先，敢于披荆斩棘，敢于创新开拓。而我家乡的人却说："其实路是有的，走的人多了，走的车多了，路烂难行了。"家乡人所谓的路，道出的是这些年的实情，是我家乡路况的现状。

　　屈原先生说："路漫漫其修远兮，吾将上下而求索……"屈原先生这所谓的路，是追求和探索的路。尽管前方的路还很漫长，但屈原先生依然百折不挠，不遗余力地去探索和追求。

屈原先生的理想信念，始终是那么执着不屈，那么矢志不渝，那么坚定无畏。而我家乡的人却说："路慢慢在修哩，不知何时才能修好？"家乡人民所谓的路，是对路的期盼和渴望，是想早日修出一条平坦而宽敞的路。朴实的言语，没有诗意，没有埋怨，却充满了强烈的渴求和向往。

家乡的路，就是这样的让我常常情不自禁地在这历史与现实间穿越遐想。有时，我分不清那是历史，那是现实，那是哲理，那是祈求。我从家乡那坑坑洼洼的路上感受到，无论是屈原、鲁迅，或是我家乡的父老乡亲，他们所谓的路，有人生的路，有追求的路，有现实的路，有希望的路。尽管他们说法不一，表达不同，但究其实，都是一脉相通。或许，这一路走来，就是我们中华民族千年以来的一个中国梦，梦一个美丽的小康繁荣？

人有梦想，就有追求；人有追求，就要奋进。在我的印象里，不知从什么时候开始，也不知有过多少次，我家乡的党委、政府，或书信倡议，或网上呼吁，或邀聚在外工作的所有老乡，都要为家乡的路出力捐资。一年年，一届届，承前启后，不馁不弃。他们犹如古时传说的愚公，为了家乡的路，挖山不止；为了家乡的路，寻求支持。他们以务实的思路、实干的韧劲和拼搏的精神去感动上帝。

家乡的人告诉过我，这些年来，为了改道修路有个良好的环境，区、镇党、政主官，交通、公路、国土等相关部门及沿线各村主事的人，组成了强有力的工作班子。在定线征地的山坡田野上，留下了他们晒黑了的身影；在处理纠纷的喧闹声中，凸显了他们的细致和耐性。

家乡的人见到我就说，这些年来，每逢市、区人代会、政协会召开，他们都通过人大代表和政协委员上交了"关于尽快修建过境公路"为主要内容的建议、提案，要求上级有关部门立项投资改建扩建过境公路。

　　近些年来我还了解到，家乡的人民以全市"县镇村道路通畅三年大会战"和区里"交通基础设施大会战"为契机，精心规划，组织实施，以切实可行的建议和实实在在的行动，积极争取国家资金不断投入改道修路。

　　路是我家乡人民的追求，路是我家乡人民的梦想。为了路通和路更好走，我家乡的人民可谓是费尽了心机。只要是有那么一点点的希望，他们都决不放弃。当钦崇高速公路从我家乡走过，我家乡的人民就强烈要求，以优化区域路网布局，改善片区交通条件，优化投资环境，推动山区的对外开放，促进十万山风景名胜区的开发，加快矿产资源的利用，助推脱贫致富等等为天大的堂皇理由，递送报告，上下奔走，祈望这钦崇高速公路能在我家乡增设一个出口。

　　这就是我那可爱的家乡，这就是我那些追求不懈、奋斗不止、可歌可泣的父老乡亲。多少年来，我为我的家乡有这么一种精神所感动，所自豪。我多少次地想，这种追求不懈的精神，这种坚持不息的奋斗，不正是屈原先生、鲁迅先生所要表现和表达的么？不就是我们这么多年来奔小康、实现中国梦的路上，一个小小的缩影么？我那可爱的家乡，我家乡那坑坑洼洼的路，你让我那么清晰地看到，路在脚下，路向远方。

　　家乡的路虽然坑坑洼洼，虽然还是不那么好走，但我有空时仍爱回家乡走走。今年鲜花盛开的五月，我回了一趟家乡。走在家乡那还是坑坑洼洼的路上，我看到了镇村的干部和家乡的人民，正挥汗奋战在"美丽钦北"的最前沿，他们清洁集镇，修桥补路，美化家园，他们积极地行动在希望的田野上。那一天，我遇到了年轻有为的镇长。镇长滔滔不绝地向我述说着"美丽钦北"的行动和展望。

　　过后没几天，这镇长给我来电话说："进街的那段坑坑洼洼、破烂不堪的路，那一摊摊的污水烂泥我们清净了，那需要修筑的排水沟我们基本修好了，那在路边堆积多年的垃圾我们清理了。你能否帮催促一下有关部门抓紧来帮铺设好这段路面？"一瞬间，我为镇长的要求深深地感动了。这事我是要帮的，也是我必须帮的。镇长的要求很实在，而且这要求也不高。我想，这镇长的意思不单是要我帮，还希望我们在外工作在外做事的家乡人都要帮吧？是的，这镇长的意思其实就是家乡人民的愿望，愿我们在外工作在外做事的家乡人都要关注家乡，都要常回家乡看看，在这"美丽中国……美丽钦北……美丽乡村"的行动里，如果我们人人都能为家乡出力，为家乡献策，我们的家乡将会变得更快，变得更美。

如此一想，我仿佛看到，让我梦萦情牵的家乡路，一条接一条地通了，通向美丽，通向远方……

舌尖上的乡愁

　　春天回来了，我想起了苏轼一首很著名的题画诗中的句子："竹外桃花三两枝，春江水暖鸭先知"，脍炙人口，意境深远。然而，诗意浪漫，现实骨感。在我们的生活中，鸭子却是我们餐桌上的美味佳肴，如北京的烤鸭，我们本地的白斩鸭。

　　有次出差，差不多半个多月我才回来。回来时，我特意去市场买了一只东场镇的海鸭，拎到弟弟的家里去加菜和老母亲吃晚饭。席间，我老母亲说，这海边养的鸭子就是比我们山里养的鸭子好吃得多。老母亲唠唠叨叨地说，前几天，老家的三叔送了个鸭子出来，那鸭肉一点也不好吃，腥臊得很。我说，这有什么啊，这不是很正常吗？鸭子本身就是有腥臊味的啊。老母亲说，你懂什么啊？我们老家是山区，不是海边，现在老家的水库都干枯了，很多水渠也崩坏失修了，村里的池塘也干旱得没有水了，三叔他们家养的鸭子啊，已经没有地方去游泳洗澡和梳理羽毛了，你想啊，这样养育的鸭子没有水游，没得洗过澡，就像一个人从来没有冲过凉一样，这鸭肉哪有不是腥臊味的？老母亲的解说有依有据有道理，虽然没有什么高深的哲理，或许就是"妇人之见"。然而，却让我有些目瞪口呆，让我心生感慨。

　　在我儿时的农村老家，我们村里确实有几个很大的池塘。

我们读书放学回家时，经常是成群结伙，偷偷地一起溜到池塘去，一个个扑通扑通地跳进池塘里，浪里白条，流连忘返，有时谁的身上被粘上了一条蚂蟥，就会引来了一阵的惊呼狂叫，及至父母千呼万唤了，我们才慌慌张张地回了家，自然是有人要挨斥责或一顿鞭打。待到我们都长大了，能帮忙家里干农活了，就经常是劳累了一天以后，一头扎进池塘的里，洗去那一身的汗酸泥巴。

在我儿时的农村老家，我们村边还有一条一米多宽的水渠。村里的人说，这是"大跃进"时修建的。渠里的水，也是来自"大跃进"时兴建的一个大水库。渠里的水，碧绿清澈，缓缓流淌。村里的姐妹婶嫂，就在这水渠洗衣洗菜，闲话家长里短。尤其是逢年过节，这水渠边上更是热闹，家家户户在此杀鸡宰鸭，充满了乡俗的喜庆氛围。

然而现在，我从老母亲的唠唠叨叨里，一下子就强烈地意识到，似乎这一切都在渐渐地淡化和消失了。一个鸭子的味道，和老母亲的家常话，让我突然间有了很多的联想和乡愁……

我想到了一些地方的生态环境所遭到的严重破坏。如有的地方，蕴藏有丰富的锰矿资源，但因为乱挖滥采，树木砍光了，泥土翻上来了，绿草被埋了，本是漫山遍野花红树绿的山岭一下子成了光秃秃的大土堆了。也因为如此，很多水库干枯了，很多水渠崩坏失修了，很多村里的池塘也一个个地消失了，很多鸭子也就成了旱鸭了。

我想到了中国的水危机。我曾看到过这样的资料，我国拥有的淡水资源总量低于巴西、俄罗斯、加拿大、美国和印度尼西亚，居世界第 6 位。但由于人口众多，人均水资源占有量低，我国人均水资源占有量还不足世界平均水平的 1/3。全国 657 个城市中，按联合国人居署的评价标准，已有 300 多个城市属于"缺水"和"严重缺水"的城市。有人说："金

融危机固然可怕，但是水资源危机更可怕。"因为日益枯竭的水资源已经给我国经济发展亮出了红牌。如果我们再不增强环保意识，再不爱护我们美好的家园，那今后我们的生存环境，将会是一种什么样的后果？

　　我还想到了一些土地因为"缺水"和"严重缺水"的荒芜，想到了一些城市的盲目扩张，想到了一些美丽的村庄在不断地消失。我想得最多的是，在这春天回来的时节，我家乡的田野上，不知是否蓄满了雨水，是否能让我的叔伯婶嫂们吆喝起新一年的春耕？

　　我很怀念那儿时的美好生活，怀念那一座座平静如镜的山塘水库，怀念那些鸭子扑进池塘里的呱呱喊声……

父亲是一棵树

　　据说，贵州省从江县岜沙苗寨的村民相信，每一棵树都是有灵魂的。那里的孩子一出生，父母立即为他种一棵树。当这个人死了，村人就把这棵树砍下，小心翼翼地取其中段剖成四瓣，裹着遗体埋在密林深处的泥土里，再在上面种一棵树，没有坟头，没有墓碑，只有这么一棵常青树，象征着生命还在延续。故此，有一大学者撰文说："我本是树。生也一棵树，死也一棵树。"

　　这让我突然想起了我那离去了八年的父亲。我父亲也是一棵树。

　　父亲生也一棵树。这棵树，刻满了那个年代特有的印记和伤痕。如父亲在二十世纪七十年代时曾被诬陷而停职审查。期间，要他从乡镇出到县城的招待所里写检查，相当于现在的"双规"。他就老老实实地待在招待所里反省自己的问题。但他的检查写来写去，都写不出被诬陷的事实来。时间一滑就过了八个多月，仍没个结论。我的母亲很担心，托人去打听，这才知道有关部门居然把我父亲停职审查的事忘了。我们很气愤，要上访讨个说法。但父亲笑笑说，算了，没事就好，白赚了半年多的休息。父亲就是这样的乐观、坦然、淡定。

　　父亲生也一棵树。这棵树，生在十万大山里，家境贫寒，少时丧父，寡母改嫁，寄人篱下。因此，父亲从没上过学。

他的丁点文化都是源于口口相传的民间文学和参加工作后刻苦自学。我记得我儿时过年，那个年代我家里还没有电视，那时也还没有春节联欢晚会。徐夕之夜，我们一家人团聚在一起，围着火盆，听父亲一个接着一个地讲民间故事。我当时就很惊奇，我父亲的肚子里似装着永远也讲不完的故事。让我非常感念的是，父亲在时，凡我在报刊上发表过的文章，哪怕是二三十字的新闻豆腐块，他如看到了，也都非常高兴地向亲友同事显耀和帮我珍藏起来。当父亲走了后，我一直想写点纪念他的文字，但这么多年过去了，我却总是沉不下心来为父亲写点什么。我心很内疚，我总感到对不起父亲的魂灵。这些年来，我忙忙碌碌，写的东西也不少，但多是官腔的讲话文稿。我也不敢看报刊上那些怀念父亲的文章，我怕同病相怜，情感触伤。

父亲生也一棵树，死也一棵树。我现在所说的这一点一滴，也许只是我父亲这棵树上的一枝一叶。我知道，我们每个人论及自己的父亲，都可以写成一本书。我最震撼的是，当我父亲离去的那一瞬间，我觉得心空了，天没了，再也没有大树可依，没有大树好乘凉了。

父亲死也一棵树。如不久前，我的母亲从乡镇打电话来给我说："家门口的那棵龙眼树果熟了，你是否有空回来摘些出去吃？"这让我一下子就想起了父亲。因为这棵龙眼树，是我父亲生前亲手种下的。为这棵龙眼树，我们还和邻居闹意见。因为邻居是个乡村医生，有人来治病吊药水时，这医生就让患者把药瓶挂到这棵龙眼树丫上去。我们很生气，常和这邻居争吵。而我父亲却很宽容，从没多说什么。后来，我父亲走了，这棵树也长高长大了，那些药瓶再也挂不上去了，那树也逐年开花结果了。当我搁下母亲的电话后，我突然心念一动，或许这棵龙眼树，就是我父亲故后的象征？现在这棵树，不但默默地挺立守护在乡镇老家门口，而且还以丰硕甜蜜的果实，年年奉献给我们。原来，我每次回到乡镇老家，我都无意识地触摸这棵龙眼树，其实是与父亲的亲密接触，是默默地与父亲的神灵交流……

父亲生也一棵树，死也一棵树。这棵树，让我蓦然觉得贵州苗寨的村民是多么明智高尚，难怪他们有人出生时种树，有人死了时也种树；难怪他们相信，每一棵树都是有灵魂的。现在，我也几乎相信，我父亲这棵树也是有灵魂的。其实，我们每个人都有父亲，都有这样一棵树。这棵树，始终为你遮阳撑荫，挡风避雨。每一个做儿子的男子汉，其人生走向，也会从儿子到父亲，也会成为一棵树。遗憾的是，有些人，对自己的父母没有感恩之心，甚至应该常回家去看看老人这样的道德要求，也要国家立法约束。一个人不可能长生不老，或有朝一日，父亲也会离你而去，那时，父亲不一定为你留下多少钱财房产，但定会为你留下丰硕的精神财富，定会默默地护佑你的幸福。

可怜天下父母心，可敬可爱的每一棵树。愿天下的人都爱自己的父母，都爱每一棵树。

想你了，老家古井

"白天抽干，夜里蓄满，这年轻时饱胀的乳房，喂养了多少老去的村庄"，这是梁沃的诗，也是梁沃诗意里的老井。这首诗，我只看了一眼，就即刻震撼了，诗意触动了我对老家古井的印象记忆，就再也挥之不去！让我常常梦回故乡，思念起老家那口古老的水井。

我老家那口古老的水井，是在村边一个岭脚下的一块农田的一个角落里。这井不大，也不显眼，实实在在地说，就是一个天然的一米多深的田角窝，没有砖砌的井台，没有石垒的围墙，只有几块天然的大石头，让人能站住脚坐得稳木桶挑水。井边隆起的是乱石土堰和长势茂盛的茅草，在井边靠壁的岭上，还有一棵永远也长不大的弯曲蜷伏的小叶榕，算是古井一个明显的标志，小叶榕上伸出的枝叶半遮半掩这古井不受日晒。不知是这榕树依恋古井，或是这古井因这榕树而有了神韵，这古井还千年修炼成了村民求神拜佛祈福许愿的一个地方，让我们常常能够看到小叶榕枝上挂有红布条，井边草丛里有烧过的红香骨。逢年过节，有一些村民还到这口古井边上去祭拜，把几枚镍银钱币抛到井水里，那些沉在井底的镍银钱币，在灿烂的阳光照耀下，透过清澈的井水闪闪发光。

这古井的泉眼，谁也看不到在哪里，能让我们看得到的是这井水从不枯干，如人多挑水浅底了时，不久水又蓄满了，蓄满了的井水也从不满溢外滥，总是一如既往地保持不肥不瘦不张不扬。这古井水亮如镜，水质特清，以至清到不容浊水侵蚀。如春耕时节，耙田插秧，有些泥水涌进了井里，这时，井里的泉水，就慢慢地把泥水澄清。

多少年来，这古井都是周边几个自然村人共饮，虽然这古井周边的几个自然村里，有些人贪近，或是因为渐渐的人口多了，也新挖了一些水井，且很多新井还用青砖砌了很好的井台。但不知为什么，仍是有些村姑舍近求远，爱到这天然的、没有井台的古井挑水吃，也许是因为这口古井的水特别的清醇，特别的甜润，特别的养人吧。我现在仍然记得，我还在农村生活时，我母亲都是爱到这古井去挑水吃，也常常是要我到这古井去挑水，从不怜惜地叫我在就近的井里去挑水。所以至今，我有时与八十老母亲坐在一起时，还免不了聊到了这挑水的事，母亲苍老的脸上就灿烂起幸福的笑容。这时，我母亲跟着就抱怨地说，在老家农村住，喝那井里的水，不管是生水还是开水，都是安全放心清甜开胃的。那井里的水，煮粥粥不馊，煲汤汤清甜，哪像现在和你们住在一起，吃的、喝的、用的都是自来水，有腥味，不开胃。

这口古井还有很多神灵吉祥的传说。如我在童年时，那个田螺姑娘的美丽童话，我就是听母亲说是在这个古井里起源的，这当然是我母亲移花接木地编给我听的罢了，但这仍然是让我当时做梦神往了很多年，甚至还让我幻想过从这井里挑个田螺回到家里的水缸。我还记得，很多年前，有些村姑出嫁，还爱到这古井边上去梳妆打扮，不知是风俗沿袭，或是因为她们经常到这井里来挑水，当要出嫁了，留恋不舍，或是因为用这井水梳妆尤其的滑亮？还有，按照传统的习俗，我们老家每年农历"七月七"家家户户所要储藏的"七水"，也都必须是在这口古井里挑的。

　　这口古井是在什么时候开始有的，已没人知晓，也没人再去考究了。在我们老家，所有人都知道，因为这口古井，那井边的那个山岭，也叫作了古井岭。也许还因为这口古井吧，我有个鳏居的伯父，前几年临终时嘱托，他过世时就把他安葬在这古井岭上。当时，我们没有意识到什么，以为是就近村边安葬得了，现在想来，我这伯父是否是舍不得这口古井，死了也想和这古井深情守望？

　　一首诗让我回望了老家的一口古井，一口古井又让我共鸣了一首诗。不可否认，浮躁和快餐时代，也许没有多少人静得下心来赏诗和花费脑汁琢词了，我也一样，而梁沃那首《老井》诗，却在不经意间就让我的心灵震撼，就勾起了我对家乡那口古井记忆的点点滴滴，就让我感悟到，一口老井，就是人生长河的一个点，是悠悠历史的一扇窗，是母亲哺育的情怀，是我们生长的根，是我们活着的源……

　　从诗意走出诗外，从过去来到现在，当我有时看到那些因为城镇化建设，或工业园区建设排污所造成水污染的报道，看到那些乱挖滥采的矿山严重地破坏了水源林时，当我闻到了母亲所说的自来水里那混合有铁锈味、胶管味、碱水味和淡淡的腥味时，当我听到了那些人大代表、政协委员为保护我们生态的环境，保护我们饮用水源的纯净安全而呼吁时，我就特别地怀念老家那口古井……

怀念那个年代

不知你是否有这感觉？在我们当今的生活里，熟人越来越多，朋友越来越少。有时，当你闲得寂寞、感到苦闷、觉得无聊时，你也许很想找个人来聊聊。然而，当你打开手机，看看保存在通讯录里的近千个名录，也许你也找不出多少个可以随时打扰可以尽情倾诉的熟人和朋友。还有，我们的生活空间越来越大，相互联系、相互来往的方式越来越多，而相互熟悉、相互理解、相互信任、相互交情却越来越少，所以，人们之间的友情似乎越来越稀薄。如通信发达了，谁如果有事，也许不需见面，一个电话，或一则短信，或一段视频，就可以联系搞掂；如交通先进了，可去或要去的地方即使很远，而在一瞬间，或在朝夕之间，即可顺利到达。所以，在当今，再没多少人会傻乎乎地去串门聊天，以致近在眼前的邻居，偶然相见也不相识。再有，随着年龄的增长，很多人会越来越爱回忆过去，怀念过去。

我怀念过去。怀念那个没有手机没有电视没有网络没有卡拉 OK 没有私家车的年代。

没有电视，我可以静心阅读。在那没有电视的年代，我少了很多文化娱乐生活的干扰，少了很多纷乱浮躁的心态。那时，漫漫长夜，点上一盏煤油灯，我就可以静心阅读到天亮。有时，寒天冷雨，独自蜷缩在被窝里，捧书阅读，也是非常惬意的享受。很多经典名著，如《红与黑》《巴黎圣母院》《安娜·卡列尼娜》《静静的顿河》《三国》《水浒》《西游记》《红楼梦》《家·春·秋》《红岩》《林海雪原》《青春之歌》，我都是在那个没有电视的年代里得以静心阅读了的。如是现在，我不知我是否还能够静得下心来读得了这么多经典名著。现在，我们下班一回到家，就习惯于打开电视，看《新闻联播》，看《体坛风云》，看《非常6+1》，看没完没了的电视连续剧，就是难以静得下心来看书。

没有网络，我可以静心阅读。而现在，我们的生活，有了电脑，有了网络，有了电子书，有了百度搜狗，只要打开电脑，点击上网，就可以漫无边际，五花八门地游览。在这虚拟无穷的世界里，我们的生活趋向了纷纭多元，而那些印刷精美的纸质书籍，我们已很少打开，我们几乎很难再静得下心来阅读。

没有私家车，我可以静心阅读。不知从什么时候开始，我们有了自驾车，可去或要去的地方很多或很远，但却都显得很近很方便了。所以，我们的周末，我们的节日长假，本是很宝贵很可以用于阅读的时空，却因为我们有了私家车，而多用于外出或旅游去了。

经济的繁荣，社会的发展，太空的探索，房价的起落，生活的多彩，有了很多很多影响我们静心阅读的因素。如现在的商场越来越豪华，名牌越来越多越来越高档。我们穿的，戴的，趋向时尚和名牌；我们吃的，喝的，讲究营养，注重养生。我们会花去不少时间逛商店，逛超市，逛淘宝。我们已很少或没空再去逛书店，逛邮局。所以，玩"苹果"的人多了，很多书店都已改成商店了。所以，我怀念那个年代。在过去的那个年代里，我常常去逛书店，盼着能购到新出版的书籍，先读为快。我常常去逛邮局，订杂志，购报刊。我现有的家中藏书，那些报纸杂志，如《当代》《十月》《收获》《人民文学》《小说月报》《诗刊》等，很大一部分，就是在那个没有手机没有电视没有网络没有卡拉OK没有私家车的年代里所订购的。那时的书店和邮局，让我在那个年代里拥有了一笔非常宝贵的精神财富。

我怀念那个年代。然而，我并没有想着要回到或不可能再回到那个年代。处在当代的我们，已不能没有电视，不能没有电脑，不能没有网络，不能没有手机，不能没有小车。我之所以怀念那个年代，那是一个能够让我静心读书，让我读了很多好书的美好时代；我之所以怀念那个年代，也许是在怀念一种阅读的环境和心境；我之所以怀念那个年代，也许是在向往，我们要适应时代的变迁，生活的变化，无论何时何地，我们都要静得下心来阅读，阅读历史，阅读经典，阅读更多。

印象老师

　　记得我的启蒙老师是黄文，一个个子不高、白白胖胖的女老师。几十年过去，我几乎不用思索，仍然清澈地记得这美丽的老师和这美好的名字。七岁时，父亲带我去学校报名，我胆怯得两小腿打战，走到了这女老师的面前。这是我人生以来见到的第一个老师。这女老师用手摸了摸我的头发，不知为什么，我的小腿不抖了，我的紧张缓和了……以至这么多年过去，这老师温馨的手感依然留在我的发梢里。

　　上中学不久，有一次，语文老师给我的作文打了全班作文最高分。从此，激发了我对语文的特别爱好。这老师也许是有意鼓励我的爱好吧，后又多次给我的作文打高分，拿我的作文在班上点评。这一来，"成也萧何，败也萧何"。语文老师的鼓励和引导，培养了我的爱好和特长，也造成了我的偏科"短腿"，以至我的数学成绩越来越差。也许因为我的数学"腿短"，我非常敬佩我的数学老师。这数学老师能把枯燥的数学讲得生色，能把深奥的 XY 讲得浅显，能把华罗庚的优选法灌输到我们这些山区孩子的梦里。这数学老师还有一个特点，讲课的时间掐得非常准，他每次宣布下课的话音一落，学校下课的钟声就即刻响了。有时，我们上课有人悄悄讲话，这老师就停下讲解，待我们安静了，这老师才说："你们耽误了我讲课一分钟，我就延长你们一分钟下课。"

所以，这数学老师的渊博学识和独特风格，始终让我觉得他很了不起。

让我觉得了不起的还有那些大学老师。讲解古代文学的宋老师，一口浓重的客家口音，却讲出了《诗经》《楚辞》、李白、杜甫的精髓神韵。讲授现代文学的余老师，戏说郭沫若如何用一根竹子挑着一条短裤，牵着一个美女狼狈地漂泊在逃亡的路上，让我们第一次诧异郭老先生居然有如此风流的爱情之旅。讲授外国文学的华老师，分析讲解莎士比亚、巴尔扎克这些文学巨匠的经典名著时，英汉夹杂，神采飞扬，让我们深受感染，情不自禁地跟着华老师一起畅游欧洲文学的汪洋大海。讲授写作的文老师，有一次讲到新闻写作时，竟然一语惊人，说××日报三十多年了（当时是二十世纪八十年代），没说过一句真话！让我们瞬间明白，文老师在上海《新民晚报》做编辑时为何被划为右派。后来，文老师给我题写的毕业赠言是："做人要有骨气，不能有傲气。"这一直成了我这么多年来做人做事的座右铭。

一千个人心中有一千个哈姆雷特，一千个学生心中有一千个老师。有人说，老师是园丁，桃李满天下。有人说，老师是蜡烛，燃烧自己，照亮别人。而我说，老师是一本书。这么多年来，当我感到有成就和得意时，我就翻开老师这本书，警告自己不能有傲气。当我感到迷茫和失意时，我就翻开老师这本书，细细地品味着其中的一章一节。老师是一棵树。千百年来，虽有不少歌颂和赞美老师的诗篇，而所触摸到的和所能表达的，也无非是一枝一叶。

仰望老师这些参天大树，我们犹如穿越在浩瀚的森林里，我们仿佛看到，孔子、荀子、朱自清、蔡元培、陶行知……这些圣者先师，一个个地向我们走来，树起了一面面旗帜。怒放高原的并蒂雪莲胡忠、谢晓君，烛照深山的李桂林、陆建芬，车祸瞬间显大爱的张丽莉，这些普普通通的老师，以他们最美的心灵感动中国。

"林子大了，什么鸟都有。"当我们徜徉在浩瀚的森林里，我们的脚下，也会踩到一些败叶枯枝；透过丛林杂草，我们也会看到一些披着羊皮的狼……也不知这些钉在耻辱柱上的败类，如何面对那些圣者先师的高洁灵魂？

"病树前头万木春。"我们对这些枯枝败叶，这些衣冠禽兽，也没必要大惊小怪。我们的媒体，尤其是网络，也没必要添油加醋。我有时在想，我们的媒体，尤其是网络，揭露那些披着羊皮的狼，是否应该有个范围的控制，有个尺度的把握？或可重在处理的结果，没必要注重细节的曝光，重在严肃法纪和提高素质的宣传教育，没必要渲染炒作成桃色艳闻。也许这样，我们老师的圣像，或许会少一点损害；我们老师的群像，或许会多一些尊严；那浩瀚森林里的烛光，或许会散发出更加璀璨的明亮。

灵魂相通的雕像

外地人来钦州，总爱寻访刘冯故居，仰慕这中国近代史上叱咤风云的刘冯英雄。作为钦州人，我们因此而自豪，经常是陪着客人在刘冯故居里津津乐道。因工作的关系，我也陪同过不少来钦考察的人走进了刘冯故居。

在刘冯故居，很多人为刘永福的纸桥大捷、奋勇赴台、斩杀日寇而激动得血脉偾张；为冯子材在古稀之年，"短衣草履，佩刀督队"、铁血雄风、威震南关而肃然起敬。还有一些人，则是为冯子材故居那富有古风特色的清代南方府第建筑而感到兴趣盎然。而我觉得，很少有人能够专心诚意地在冯子材故居后院的那些艺术雕像前面驻足逗留。所以，当客人深入探讨"镇南关大捷"，或是还在流连忘返地考究冯子材故居"三排九"的建筑模式时，我就总是悄悄地溜到冯子材故居的后院，伫立在曹崇恩大师雕塑作品的面前，一边等人，一边随心所欲穿越遐想。这时，我的心里总有一个挥之不去的困惑，这好端端的一个故迹大院，为何在此安放了雕像二十多尊？

直到 2013 年的五月，习近平总书记在一个座谈会上说："中国梦是国家的、民族的，也是每一个中国人的。只有每个人都为美好梦想而奋斗，才能汇聚起实现中国梦的磅礴力量。"深思习总书记的话语，我才似有所悟，感受到市委领导和艺术大师，为什么要把那些雕像安放在冯子材故居的后院里了。也许是刘永福、冯子材、冯敏昌，或是毛泽东、邓小平、周恩来，或是陶行知、李小龙、杨利伟……他们的魂灵息息相通，他们都是奋进在追梦的路上，他们都在追逐着一个共同的梦想，他们沿着大秦纵横、汉代雄风、唐朝伟业、康乾盛世，图腾中华的强劲崛起和屹立于现代世界和未来世界的民族之林。

如此一想，我觉得心灵深处，似乎是触摸到了很多追逐梦想的历史印痕。我感到我们中华民族从没停滞过梦想和追求，我们从"芳草鲜美，落英缤纷"的桃花源里一步步地走向现实，从"二亩地一头牛，老婆孩子热炕头"里一步步地奔向小康，迈向复兴。

也许是因为这些梦境的牵引吧，我在冯子材故居的后院，在曹大师雕塑作品的面前，曾经浮想联翩。我感到千百年来，我们钦州也同样是走在追逐梦想的路上。

穿过时空的隧道，我们就会看到，早在 1400 年前，我们的梦想就荡漾在"海上丝绸之路"上。那时的钦州人，从沙井、龙门、乌雷这些"海上丝绸之路"的始发港，启航，扬帆，乘风破浪，去追逐梦想。

翻开中国的近代史，我们感到振奋，因为我们的梦想，闪耀在冯子材的刀光剑影里和刘永福的七星黑旗上。在那一段屈辱的岁月，冯子材招兵买马的大旗，是"国家有难，应募者速来"；刘永福援越抗法、赴台抗倭，"只知捍卫社稷，不使外洋欺我中国"。

透过万国博览会金奖的背后，我们感到自豪，因为我们的梦想，镌刻在中国四大名陶之一的钦州坭兴里。一代代钦州坭兴人炼泥为玉，铸土为珠，把钦州坭兴陶艺打磨成了国礼，跻身国家非物质文化遗产的行列。

登上中山岛仰望孙中山铜像，我们肃然起敬，因为我们的梦想，写进了《建国方略》。从那以后，建大港的梦想就在我们钦州人的心中生根发芽。1992年，钦州港打响了开港的第一炮，掀开了我们钦州人"愚公移山，精卫填海"，追梦创业的新篇章。

站在绥丰书院的大门前，我们淡定从容，因为我们的梦想，浸润在百年树人的氛围里。历朝历代，我们广修书院，兴教育人。绥丰书院、铜鱼书院、大成书院、海北书院，一一见证了我们钦州人重教好学的浓厚风气。"广西楹联第一村"，更是我们钦州人流淌文脉的一个缩影。宁原悌等71人考取进士、举人，就是我们钦州人追逐梦想的杰出人才。

钦州荔枝红了的季节，我们品尝甜蜜，因为我们的梦想，就在这鲜艳丰硕的果实里，映照在白石老人"愿风吹我到钦州"的诗意画作上。

我们古老而又年轻的钦州，就是这样的追逐梦想一路走来。当我们奋斗在风生水起、跨越发展的这方热土上时，我们的梦想，就蕴含在"自强实干，融和共赢"的钦州精神里。我们以自强实干的精神构筑"对接东盟、物流天下"的大通道，以融和共赢的气派开拓产业园区保税港区，以爱家护园的守望营造三娘湾的海天一色、八寨沟的山清水秀……

所有这些，均是我在冯子材故居后院，在曹大师雕塑作品的面前，所曾有过的一些遐想思绪，就如是在雕像底下所捡拾到的一些历史碎片。当我把这些捡拾来的碎片逐一拼接时，我突然发现，这居然是一幅追逐梦想的非凡画卷。在这幅画卷里，我看到了钦州的追梦历程，感悟到了中国梦的精髓所在，让我更加坚定了这样一个信念，就是中国梦的实现，已经不再遥远。

匆匆故城行

　　千年钦州，历史悠悠，留下了很多珍贵的文物古迹。这些文物古迹，是钦州文化的根源，是钦州精神的底蕴，是钦州风骨的神韵。为了探寻钦州的文物保护与利用，年初，市政协制定了一个"一带一路"文物保护开发利用的调研专题。到了八月，这个调研专题启动了。在一个烈日酷暑的下午，我随调研组一行，开始了一趟钦州文物保护与利用的调研之旅。我们顶着烈日，忍着酷暑，先后到了位于钦南区久隆镇东坝村的钦江县故城遗址，灵山县陆屋镇三街的广府会馆，浦北县石埇镇的越州古码头和越州故城遗址，还有合浦县金鸡岭汉墓群博物馆，北海市中山路老街等地进行了考察调研。

　　惭愧的是，我在钦州工作三十多年了，居然还没到过钦江县故城。据有关部门考证，钦江县故城距现在的城区不到20公里。故城建于隋朝，呈方形，城墙用黄褐沙土夯筑而成。故城遗址面积约近3万平方米。当年有东西南北四门，南门外还有古庙。曾经是北部湾一带的政治、军事中心，是"海上丝绸之路"的重要一环，对北部湾的内河与海外航运及其海上贸易体系的建立与完善发挥了重要的作用。然而，我到了钦江县故城遗址时，却大大出乎了我的想象。我怎么也寻觅不到有关部门所描述的印象。首先映入我眼帘的只是一大片郁郁葱葱的甘蔗林。在蔗林的周围，是一圈绿得醉人的松树林和雨后生长得特别茂盛的荒草蓬。如果不是博物馆的人员在指指点点，我根本看不出那里是南北城门口，那里是版筑法分层夯筑而成的黄土城墙。在城门口的土堆上，立有一块水泥碑，标明是广西文物保护单位，刻有钦江县故城的简介。而在不远处，也立有一块水泥碑，但那块碑，却孤零零地竖在蔗地的地头里。我走过去一看，字迹残旧模糊，已被风雨侵蚀得有些像个孤老头了。

后我们到了越州故城遗址，也差不多是这个样子。据有关史料记载，越州故城依山势而建，坐落在几座山岗之间。当年建有内外城，似长方回字形。城墙周边有护城河围绕。然我们到那里一看，第一印象见到的却是一大片桉树林。我们几乎看不出故城的轮廓，看不到那里是古城墙。浦北县博物馆的人员导引我们，登上了石埇镇坡子坪村的观音岭。博物馆的人员告诉我们说，在不远处，还有一张永不干枯的水塘。听博物馆的人员如此一说，我对这漫山遍野的桉树林愈发没有好感。一是我觉得这桉树破坏了越州故城遗址的形象；二是我觉得脚下的土地，似乎已被这些桉树吸干水分了，显得更加的瘦骨嶙峋了，甚至连这观音岭上正在成熟的稔子果，也干瘪得没有汁液了。让我感到宽慰的是，在这观音岭顶上，还种有一大片香蕉林，让我遥想到当年的越州故城，也许就已经盛产香蕉了，要不，为什么当今的浦北，会成为全国的香蕉之乡？后来，我曾经和同行们开玩笑说，我们看什么故城遗址啊，我们在钦江县故城看到的似乎就是一片甘蔗林，在越州故城看到的似乎就是一片桉树林和一片香蕉林罢了。

虽然如此，我在钦江县故城，所看到的土堆古城墙，还是保护得较好的，没有受到很多的人为损坏。我在越州故城，所看到的那些断墙残垣，虽然历经风雨岁月的侵蚀，也仍然是没有过多的人为糟蹋。我们漫步在越州故城的荒坡野岭上，还不时地看到裸露出地面来的一截截断砖头，一块块碎瓦片，这些残砖碎瓦，似乎是在向我们证实故城的年代久远，诉说当年海上丝绸之路的动人故事，或是炫耀曾经有过的骄傲与辉煌，似乎是在呼吁我们要高度重视，加强钦州的文物保护与利用，打开"筑梦空间"，推进和实现"一带一路"的战略构想。

这次调研，我在钦江县故城和越州故城这两个遗址上徘徊很久，虽然留给我的是感慨沧桑，让我不时地想到了圆明园的断柱残垣，想到了光秃秃的，几乎草木不生的，只有赤裸裸的土堆和干打垒的断垣残壁的交河故城遗址。然而，让我遥想得更多的是，那海上丝绸之路的始发与繁荣，让我仿佛看见了当年海上丝绸之路的壮观场景。虽然，那一段历史早已远去，曾经繁华一时的钦江县和越州城，早已淹没在历史浩瀚的尘烟。然而，"一带一路"这一跨越时空的宏伟构想，却从历史的深处走来了。习近平总书记提出的"一带一路"的战略构想，融通了古今，连接了中外，顺应了和平、发展、合作、共赢的时代潮流，承载了丝绸之路沿途发展繁荣的梦想，赋予了古老丝绸之路以崭新的时代内涵。如此一想，我又一次感到，保护与利用好钦州的文物，意义非凡。

觉得好才珍藏

　　我没有收藏文物的爱好，不像我老婆，在银行工作了几十年，利用工作之便，收藏了很多绝版的纸币。没想到，有一次被小偷撬门入室，把她几十年来花了很多心血才捡拾到的宝贝，全都盗走了，让她心痛不已，以至我有时看电视，遇到有关收藏纸币的电视节目时，她都要马上抢过遥控器，愤愤地换了频道。

　　如果说我有收藏的表现，那就是我从村里出到镇里，从镇里调到市里，每次搬家，都有很多废旧杂物被清理丢了，就是有这么几件旧物品舍不得扔掉，一是留声机，一是收音机，还有一些旧唱片。很多人在帮我搬家时，都很惊讶地说："哗，你还留着这些过时了的垃圾？"我不好意思地笑了，但我却没法解释。我这不是恋旧，我也无意于有朝一日这些东西能够价值连城。我毕竟是个俗人，不是那个韩剧《来自星星的你》里的都教授。记得都教授有个初到地球时用来吃饭的粗瓷碗，几百年后成了价值连城的宝贝，却被毛手毛脚的千颂伊不慎打碎了，这让都教授痛惜万分。我之所以舍不得扔掉的这几件旧物品，当然是没有都教授的粗瓷碗那么珍贵了，或许还一钱不值。我只是感觉到，这些"过时了的垃圾"，是一个时代的记忆，是一份美好的念想。这些"过时了的垃圾"，也许或多或少地沉淀有文化的元素，有如一座古城、一条古道、

一棵古树、一个坭兴陶，或许就蕴含着一种文化，或一段历史。

　　我舍不得扔掉的留声机，其实也不是很古老，只是上海产的中华牌 206 留声机，有个方方正正的绿色外壳。在二十世纪的六七十年代，这种留声机风靡一时。因为在那个年代，CD 尚未问世，磁带也没普及，更别说是 MP3 了。所以，那时的留声机，独领风骚。而现在，这些留声机在市面上几乎没有了。我留着这个留声机，会让我想起发明留声机的那个爱迪生非常了不起，想起从留声机到磁带录音机到 CD 机到 MP3 的历史进程，让我感受到科技文化的不断进步。从留声机的追索，我们还可以了解到，在二十世纪二三十年代上海的文化圈里，著名作家林语堂是较早拥有留声机的人。林语堂在《说避暑之益》一文中曾这样描述："带一架留声机……可以听到一年到头所有听惯的乐调。"

　　我舍不得扔掉的收音机，也不是什么很特别的类型，只是我在当年为了配置留声机而购买的海燕 D322-1 型电子管收音机而已。这种收音机有个褐色的木质外壳，显得有些笨拙。很多年来，都被我随意地闲置在屋里的一个角落，蒙上了厚厚的灰尘，邋邋遢遢沧桑，让我有时觉得很对不起它。因为就是这样一个普普通通的收音机，曾经收留了我那曾有过的寂寞或欢乐的心情，让我拥有的很多唱片流淌出了天籁之音。

　　我舍不得扔掉的唱片不多，也无非是几十张而已。对唱片有所研究的人都知道，唱片已作为一种高品位的收藏品，在国内外已有人专门经营。据说，二十世纪二三十年代的著名作家林语堂，除了是当时较早拥有留声机的人以外，同时也有收集唱片的嗜好。1998 年，《中国艺术报》刊登了《音乐文物保护刻不容缓》一文中指出：联合国教科文组织将中国艺术研究院收藏的音响文物列为"世界的记忆"文化遗产保护项目。由此可见，唱片不但记录了中国历史上的艺术音响，也是中国文化发展史上的珍贵资料。

唱片和其他藏品一样，具有很高的艺术欣赏性。单就其精美的封面设计，就有众多的艺术家参与。据有人研究，毛泽东、郭沫若、李苦禅等很多书法大家都曾为唱片的封面题过名。

　　唱片的价值需要聆听。因为聆听，改写了传统艺术品只能用眼睛欣赏的历史，那就是用耳朵来欣赏优美动听的歌曲和乐器演奏。聆听需要耐性。聆听唱片，要一首一首地听，有时会强迫你把生活的步调缓下来，不像现在的CD、MP3选曲那么随意方便。因为聆听，曾经让我沉醉，缓和我在基层工作时的劳累。

　　我舍不得扔掉的唱片里，有两张黑胶唱片是很有名的，一张是粤曲《杜十娘写真》，由著名粤剧演员郑培英演唱。她演唱的唱腔富于韵味，声音甜美，以声传情。还有一张也是粤曲，叫《伯牙碎琴》，取材于伯牙弹琴遇知音的典故。

　　在我拥有的唱片里，还有一张有一首很著名的歌曲《橄榄树》，曾经让我百听不厌。现在想起来，这首歌曲，我最先应该是从这唱片里听到的。因为"梦中的橄榄树"，让我成了三毛的"粉丝"，我因此而精心地读了三毛的很多散文作品，我沉迷于《撒哈拉的故事》，我向往《万水千山走遍》。

　　无论是这些旧唱片也好，或是我舍不得扔掉的留声机和收音机也好，总是让我觉得，有些东西是不能随随便便地就扔掉了的，尤其是我们中华民族的特色，我们中华民族的优秀文化，我们任何时候都必须保留和珍惜。

shanshui
zhijian

向往书海

也许没有一个爱读书的人不爱逛书店的。

逛书店，有时是漫无目的，随意走走，顺手翻翻，拣着看看。有时没合适的书籍可买，只是背着手，站在书架前，目览书脊，闻闻墨香，那份宁静的氛围和闲散的心境，其实也是一种惬意的享受。

爱逛书店的人也许都有这样的感受，常逛书店，能排除很多名利、得失、欲望、烦恼等纷繁杂念。有时在书店里就那么静静地待着，不知不觉，自然而然就会沉浸于远离尘世喧嚣的愉悦心境。

很多人都说，读书能陶冶情操，改变人生，升华境界，我很赞同。我还认为，逛书店也如遨游书海，能愉悦身心，找到乐趣。逛书店多了，天长日久，定会让你感到，空虚变得充实，无知变得渊博，狭隘变得开阔，肤浅变得深邃，浮躁的心灵会变得宁静而安逸。

古言道，开卷有益。我在逛书店时则想，进门也有益。我感到，读书是一种美妙的享受，进书店，逛书店其实也是一种美好的享受。所以，多年来，我在读书中不断迈上进步的阶梯，也在逛书店中开阔了知识的视野。

记得高中毕业时，我回到农村生活过两年。繁重的农活，一度让我觉得日子过得既劳累又枯燥。切身感受到如果没书可读，日子难熬。那时，一盏小小的煤油灯，一本厚厚的经典名著，就让我消除了很多疲劳，度过了一个又一个的冬夜春宵，充满了对未来的浪漫憧憬。那时，我最渴望的是老天下暴雨，因为一下暴雨，我就能心安理得地蜷缩在床上的被窝里，伴着屋外的风声和打在瓦面上的雨声，津津有味地读书，全神贯注地与书中的人物交融倾谈，"精妙处，忍不住击节叫好；伤感处，止不住泪眼模糊；激愤处，耐不住拍案而起；谐趣处，憋不住哑然失笑"，全身心地沉浸在读书的美妙的精神世界里。那时，我也常盼着乡镇圩期，能趁着圩期出街入市，到圩镇供销社的新华书店门市部里，看看柜台上又摆上了什么新书。现在，我家里的藏书，很多古今中外的经典名著，都是很多年前，我在圩镇供销社的新华书店里早就购买了的。所以，现有很多书刊，已是非常珍贵的版本。

　　读书让我增长知识，逛书店也让我受益匪浅。这么多年来，我在工作中，虽然岗位不断地变动，职级不断的升迁，岁月在悄悄地流逝，而我爱读书、爱逛书店的痴心陋习始终没改。我常为买到正版的书籍而兴奋，也为买到盗版的书籍而叹息，乐于在浩浩书海的岸边滩涂上徜徉拾贝。可以说，书店因此而掏走了我钱包里的不少钞票，但也因此而给予了我巨大的精神财富。

　　当今，很多人的业余生活爱好多是"筑长城""打拖拉机"，且乐此不疲。有一年春，我出差到西南，曾听到有个笑话这样说，在航班飞机上有一个乘客询问另一乘客："××城市准备到了没有？"那乘客答曰：当你听闻到飞机下面哗哗的麻将声时就差不多到了。我当时暗自感叹，这笑话深刻，可谓是当今社会很多人现实生活的真实写照。相比之下，也许我是落伍了，没能与时俱进，我的业余爱好和消遣，仍是周末闲暇，喜欢到原有的和新兴的、国营的或私家的书店里去走走看看，以此为乐。虽然，不知从什么时候开始，电脑

网络兴起普及，电子书城不断涌现，以及人们生活节奏明显变快，爱逛书店的人少了，心灵浮躁的人多了，能静得下心来读书的人已不容易了。然而这一切，依然没能改变我爱读书、爱逛书店的情趣痴心。现在，我只要有空闲，仍然是爱到书店里去走一走，看一看，翻翻书刊，过过眼瘾，泡泡墨浴，静静心神，遇见好书便买，买到好书就读，就如海豚离不开大海一样。在我心底深处，我仍坚持着这样一个信念，这世间如果没书可读，没书店可逛，也许人生将变得毫无意义。

书城迷人

当今时代，生活节奏快，人心易浮躁，许多人"看书看皮，看报看题"。另外，有资料报道，我国网上已有几万家各类网络书店，网络售书已占到图书市场的30%。除了网络书店外，还有数字化阅读，如手机、电子阅读器、网络在线、电子词典等等。因此，网络书店的走俏，电子书籍的流行，分流了读者群体，所以，走进实体书店去看书买书的人似乎是越来越少了。

虽然如此，我仍是一个很爱到书店里去逛一逛的人。当然是，由于种种原因，也比过去少得多了。多年前，一马路口拐角，百货大楼对面的那间国营新华书店，三天两头，都是我爱光顾的地方。现在，那里已变成了鞋城，昔日书城的记忆，也只有是上了一定年纪的人才有的了。还有旧一中对面曾经有一间狭窄而塞满了书籍的"希望"私营书店，我想，也是没有多少人知道的了。

走进书店，我有时倒不全是为了买书，而是把逛书店当成了一种生活的乐趣，一种心灵的休闲，一种这么多年依恋的情感。徜徉书店，闻着满屋散发的墨香，看着那一排排整齐的书架，扫视那一个个醒目的书名，抚摸那一本本图书的封面，我就感到超凡脱俗，感到这是一种愉悦的享受，是一种灵魂的散步。

　　然而，不知从什么时候开始，有一种现象，让我在散步时觉得很煞风景。现在，有很多新书，已被一层塑料薄膜包裹得严严实实，还非常严肃地标明：非买勿拆！

　　也不知广大读者对此有何感受？对我来说，我感到很别扭，尤似是朋友对你很不信任，不想让你打开她的心灵。我逛书店时总有这样的习惯，我拿起一本书来，我总会先欣赏一下这本书的封面设计，透过封面的意图，揣摸着设计者所要传达出来的这本书的内涵，然后，我才打开书本，看看内容提要，看看序言，看看后记，再随意地翻翻书里的几页，大致地以最快的速度了解一下这本书的内容片断。这样一来，我就感觉我是否喜欢这本书，是否需要这本书，是否购买这本书。而现在，新书出现了包裹得严严实实的塑料薄膜，不能翻，不能看，总让我觉得是"左手摸右手，一点感觉都没有"，原有的过程和兴致均找不到了，购书的欲望也烟消云散了。所以，我现在凡是逛书店，对那些包裹了一层塑料薄膜的新书，几乎是过眼云烟，再也没有伸手触碰这些新书的欲望。我常常在想，一本书的出版，一旦进了书店，一经摆上了书架，不就是让人翻看让人欣赏让人购买让人阅读的吗？何必要用塑料薄膜包裹得严严实实？

　　当然，我理解，这是出版商、书商为了保护新书，防止损坏，尤其是防止那些"乱翻书"，翻了新书而又不购买的读者污损了书籍。然而，不知这些出版商、书商想过没有？也许这新书是保护好了，但这书可能也因此卖得少了，尤其是在当今实体书店与网络书店、数字化阅读竞争那么激烈的状况下，实体书店可能因此削弱了竞争力，从而不是影响了经济效益和社会效益了吗？所以我想，实体书店这一新书上架值得研究，或者新书上架时就全部拆除包裹的塑料薄膜，或者适当地拆开一些塑料薄膜包裹的新书让读者挑选，即使是读者翻阅污损了一本两本又如何？或者是，这因为翻阅污损了的书，就当是折旧好了。我认为，只要是好书，有时即使是有些污损了仍会有人购买的。我就经常遇到这样的情况，有时我遇到喜爱的书，即使是有些污损残缺，没有得换了，我也会买下来。如果一本书，没人翻看，总是崭新地包裹着，且束之高阁，那是多么的悲哀！

记得书店还没有开架售书时，人们买书，都是隔着一道玻璃柜台，用目光扫视书架上的书，一旦见到书名和封面让人眼睛一亮的图书，就会恭敬而礼貌地叫一声营业员，然后等着书店的营业员走过来把书从书架上拿下来，人们就站在柜台前翻阅，合适了就付款拿书，不合适的就退回柜台走人。后来，所有书店均撤除了玻璃柜台，改用了完全开放书架的售书模式。这样一来，人们逛书店买书就可以无拘无束地自由挑选了，甚至可以做到整天在书店里翻看阅读也无人干涉了。按理说，这开放式的售书，给读者提供了只读不买的机会，书店的图书销售会因此受到影响。而另一方面，也许买书的人会更多了。就我来说，自从书店实行开放式售书之后，我在书店里随心所欲翻阅的书多了，我挑选到想看、想买、想收藏的书也多了。实际上，对于一个喜爱阅读爱逛书城的人来说，是不会不经常买书的，只要他多翻了多看了肯定就多买了。但如果那些被塑料薄膜包裹得严严实实的书越来越多，那购买书籍的读者是不是也会越来越少？

走进书店，漫步书城，就这么一种包裹了塑料薄膜的书籍，让我顿悟，书籍的出版经营既是一门艺术，更是一种文化。对这种文化现象，不知读者是否认同我的观点？

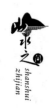

让家园书香弥漫

也许，没有多少人记得了，在 2013 年，全国政协委员、著名作家赵丽宏、梁晓声、张抗抗、王安忆等联名提交提案，率先建议设立"国家阅读节"，为国家的书香弥漫而建言。

也许，还有很多人记得，2014 年的"世界读书日"，李克强总理专门给北京三联韬奋书店全体员工回信，赞赏该书店推出的"深夜书房""很有创意"，希望把 24 小时不打烊书店打造成为城市的精神地标。

记得也好，不记得也罢，或许这些，都是划过天空的一道闪电罢了。

然而，在今年的全国"两会"上，却出现了一抹亮丽的彩虹，让我们惊喜地发现，有更多的人在关注阅读了，有更多的政协委员加入了呼吁"全民阅读"的行列了，要求设立"全民读书日"，"建设书香社会"，营造热爱读书的良好氛围。尤其是在记者会上，李克强总理又专门谈到了读书的问题，说书籍和阅读是人类文明传承的主要载体，"用闲暇时间来阅读是一种享受，也是一种财富，终身受益。全民阅读要形成一种氛围，无处不在。全民的阅读量能够逐年增加，也是社会进步、文明程度提高的标志。推进全民阅读不仅会增加发展的创新力量，也会增强社会的道德力量"。一瞬间，"书香"，"书香"，"建设书香社会"，俨然成了一个热门的新名词新举措。

事实上，我们很多人还不了解的是，有的地方政府已为推动全民阅读而出台了各种措施，如湖北的《全民阅读促进办法》，江苏的《关于促进全民阅读的决定》。有的地方，还开展了如"书香荆楚""三湘读书月""北京阅读季"等有声有色的阅读活动。

我们知道的是，阅读本来就是一件很私人的事情。自古至今，人们想读就读，不想读就不读，读哪些书，读多少书，那都是个人的事情。没想到，当代的中国，读书居然成为我们国家层面要关注的内容了，"全民阅读"已经连续两年被写进政府工作报告了。李克强总理说："去年写，今年写，明年还会继续！"如此看来，这多读书，读好书，让"书香"浸润社会，让阅读受益每个个体，已经是我们必须深入研究和思考的问题了。

翻开我国的历史，在古代有过"焚书坑儒"，这成了我们中华民族永远磨灭不了的一段痛史。在现代，我国还有过一段岁月是"革文化的命"，让我们整整一代人，想读书，没书读，一度生活在荒芜的精神家园里。记得那时，我曾经从一个同学的手里，借到了《三国演义》《西游记》《青春之歌》《林海雪原》《小城春秋》《苦菜花》等一些文学书籍，我是如获至宝，废寝忘食。后来我才知道，这个同学的大哥，是个造反派。这个同学所借给我的书籍，都是他大哥造反抄家时私藏下来的"战利品"。然不管怎样，这些书籍，终是让我度过了一段美好的时光，让我对人生充满了新的向往。

如此的读书生活，我想很多人都有各种各样的经历和感受吧？事实上，我们已经数不清有多少人写了多少读书体会的文章了。我们经常看到很多人都在回味地说，每当晚上睡觉的时候，就习惯地在床头边上拿起了一本书，读着读着，就不知不觉地睡着了，那书扣在脸上，一夜吸吮的都是书卷里的墨香……

这些人，或许是真的觉得"书中自有颜如玉"了，或以为是读书人可以娶到漂亮的老婆，或是说一个人读了书后整个人的气质、容颜和表情都会清雅脱俗，有书卷气了。不管是如何的诠释吧，我想这都是仁者见仁，智者见智罢了。习总书记说："学诗可以情飞扬，志高昂，人灵秀"，我想就是这个哲理吧？著名作家雨果说，莎士比亚使英国的容貌变美。可见古今中外，都没有例外啊。

那么，如此美好的享受，在当今的中国，为什么我们还要呼吁这"全民阅读"呢？是我们的书读得少了吗？有一项调查结果说，今天的中国，我们很多人的时间已被快餐化、碎片化的大量信息占据了，我国民众每年的阅读量还不到有些国家人均的1/10。我国每年成年国民人均纸质图书阅读量4.77本，韩国却是11本，法国20本，日本40本，以色列64本。对此，我感到震撼，我想到了我自己，我的读书也是越来越少了。在以前，我一年一般读书也有十本八本以上，平均每月至少阅读一本书，而现在呢，我也许能够认认真真地读的书，几乎是一年都不到三本了。

有人说，现在的人，都是"向钱看"了，还读什么书啊。或者是，人心都浮躁了，谁还静得下心来读书？也有人说，当今已经是信息时代了，网络、视频、手机等传媒多极化了，自然是影响纸质书籍的阅读了。所有这些，我都觉得是事实，有道理，都是种种不可否认的客观原因。然而，我却在想，现在出版的书籍、报刊，似乎是越来越多了，而粗制滥造、庸俗低劣的书籍报刊也有不少啊，那些所谓"洛阳纸贵"的书籍报刊，几乎是难以见到了，不知这是否也在影响我们的阅读胃口？

如此一闪念，我很想说，我们在大力呼吁"全民阅读"的同时，是否也要注重经典，也要着力提升报刊书籍的品位？或许这也能让我们的"胃口大开"，让我们更多的人能"欢阅畅吟"，让这个社会的书香弥漫，香飘四季。

展开思想的翅膀

也许很多人都知道古希腊哲学家柏拉图的名著《理想国》，却不一定知道南开大学教授熊培云的著作《思想国》吧？或者，《理想国》和《思想国》是不能相提并论的。然而，我在读了《思想国》以后，我突然在想，什么书才算得上是好书？好书是否是一些人说好就好，一些人说经典就是经典了？在我看来，不管是《理想国》也好，或者是《思想国》也罢，所谓的好书，都应该是能够让你有所共鸣，有所启迪，有所深思，让你能够展开思想的翅膀。

熊培云的《思想国》，精选了作者留学巴黎期间的一些见闻感想，还有对欧洲时事的述评，及对转型时期中国国情的观察思考。我读这本《思想国》时，觉得这本书的行文很自由，也很有特色，更有思想的深度，往往是在不知不觉地跟着作者徜徉于古今中外，穿越于历史与现实之间，去思考人间的大恶大美，去挖掘思想共和国与刀剑共和国的区别。

开篇伊始，我们就跟着作者走上了米哈博桥上，透过《米哈博桥上的眼泪》，我们看到了法国人的怀旧，其实是对历史的珍惜，对历史文化的保护。"怀旧，其实就是抚摸文明发黄的书页，怀念短暂一生的美好，它让人生与历史相逢，在眷恋到心痛的回味中，穷尽过去与未来。"我们在这"桥上"，看到了博物馆、旧书摊，我们感受了法国"政府对文化之重视与宽容使塞纳河也有了一缕书香"。我们和作者一起回眸了我国的转型期，进入拆迁期，于无声处，许多"看不见的熊猫"正在消失，一些值得保护的"四合院"、古城墙、古街道却在推进城市建设中被拆除，胡适先生的"一点一滴地改造"，悲哀地沦为了"一点一滴地毁灭"了。我们和作者一样断定，一些只知道拆除过去的人，将来也会被人拆去，其结果是每一代都会在"拆迁"中疲于奔命。一样的意识到，我们中华民族，也是一个弥漫书香的民族，我们要爱祖先，要用我们祖先光荣的名字来温暖我们的每一座城市。

当我们跟着作者漫步在《街道上的巴黎》和《巴黎墓地书》里时，我们看到了法国的街道是人受到人的尊重，也受到机器的尊重，大街上没有拍得山响的喇叭，更没有城里司机朝进城农民吐痰的事发生。不管什么车，多快的速度，都会停下来谦让行人。而再看看我们的一些城市，仍然很多是让人冒着生命过马路的乱象。我们顺着作者的目光，还看到了法国的街道是知识分子的街道，居然还保留有很多历史文化名人的公墓，就像一本本地摊开向公众开放阅读的名著。所有这一切，就是《思想国》里所给予我的魅力，我就像跟随作者在异国他乡作了一次短暂的旅行，让我联想到了我们当今的一些城市，天天在建设，却少有个性，少有质感，一些街道，还在经常地被开膛破肚，或朝令夕改地在折腾"花样"。

《思想国》里的汉字，也和国运连在了一起。在《汉字与国运》里，作者认为汉字就是我们中华民族的血液和根本，千年汉字，让我们中国人诗意地栖居。在遇到"圣诞热"（《做蝴蝶，还是做蚊子》）时，作者认为没必要过分忧虑西方文化对中国本土文化的冲击，正如中国春节与大红灯笼高高挂，决不会动摇到西方文化的根基一样，认为一个民族的文化应该永远在路上、在生长。"文化如人"，中西文化的融合发展，是"在交合中诞生，在交流中上升"。

　　在《思想国》的《美国化与法国病》等很多的篇章里，作者还深入地分析了今日的法国与旧日的中国，竭力地呼吁弱势群体的保护，呼吁社会公正与平等，着力探讨利剑共和国和思想共和国的根本区别，致力于研究如何建设一个美好的社会。

　　这本《思想国》中的很多文章，虽然是作者写于好几年前的了，但我们现在读来，其中的很多阐述和独特的观点，依然让我们觉得有很多还不过时，且有很多还在进行时，也让我们开阔了思路和视野，看到了很多的将来时。也许正因为如此吧，我觉得《思想国》虽然比不上《理想国》经典，但仍不失为一本好书。这本书，让我开卷有益，让我展开了思想的翅膀。

遥望黄土高坡

　　很久以来，我都没能静下心来读书了，尤其是读一些长篇名著。不久前，一部热播的电视连续剧《平凡的世界》，激起了我重读名著的强烈欲望。因为看了这电视连续剧《平凡的世界》深受感动，我又重读了这部电视连续剧的原著，相关连的是，我还重读了《创业史》《浮躁》和《白鹿原》。我仿佛是在南国的十万山之巅，遥望那陕北的黄土高原。我似是闻到了那黄土高原上弥漫开来的墨味书香，我依稀看到了几个文学大师正从黄土高坡上走过，他们是柳青、路遥、贾平凹和陈忠实……他们几乎把近代以来脸朝黄土背朝天的陕北农村农民的生活和命运给画活写透了。

　　我重读的这几部文学名著，贯穿的是一根扯不断理不乱的时代主线。如按出版的时间顺序来说，最早的是《创业史》，最迟的是《白鹿原》。而按所反映的农村农民生活的历程来说，却是从《白鹿原》到《创业史》再至《平凡的世界》和《浮躁》。我之所以这样来重读这几部文学名著，我是觉得，这些都是同一地域的作家作品，所反映的都是同一地域的农村农民的生活历程。既是中国文学作品里描绘农村农民生活的巅峰之作，又是中国农村农民生活的写照缩影。

　　在《白鹿原》里，我看到了抗日战争到解放战争这段陕北农民的历史进程和众多人物的离合悲欢，我感受到了当时中国社会农民生活的贫穷和苦难，感受到了中华民族的厚重与沧桑。我总是觉得，一部《白鹿原》，实际上就是一幅反映中国农民农村生活历史变迁的"清明上河图"，一篇描绘乡村原野马嘶虎啸的传奇史诗，一段中国农村大地"雄鸡一唱"的拂晓序曲。而《创业史》和《平凡的世界》及《浮躁》呢，几乎就是新中国农村历史进程密不可分的姐妹篇。

让我感到最有意思的是，《创业史》里所讲述的是一个村庄里的各色各样的人所经历了的各种困难，从单家独户的单干组织起来，逐步走向集体化的过程。《创业史》里所描写的是社会主义初期组织起来的农村合作化运动，是想通过一个村庄的变化来告诉我们，仅仅依靠个人发家致富的梦想，依靠一家人的勤劳和刻苦，是无法创业致富的。实际上，柳青所描绘的就是中国农民道路和中国命运的艰难探索。而《平凡的世界》却恰恰相反，路遥所暴露的都是合作化后的很多问题，尤其是以孙少安为代表的很多村民，想要的是包产到户，分田单干。很显然，《创业史》讲的是怎样把农村农民组织起来，走向集体化的道路。而《平凡的世界》讲的是怎样让农民从集体中解放出来，走向个体，各自单干。这些，都非常值得我们思考。但无论是《创业史》或《平凡的世界》或《浮躁》，所表现的都是农村里的一些年轻人，如何想成为时代的弄潮儿，如何想在改革的浪潮中改变自己的命运。无论是梁生宝或是孙少安或是金狗，都是穷则思变。他们都经历了许许多多的坎坷与无奈，都有坚忍不拔的毅力和顽强拼搏的精神，都有一个共同的渴望，就是走向共同富裕的道路，是追求农民的幸福，是开创社会主义的大业。从梁生宝到孙少安到金狗，他们都生活和劳作在黄土高原这片土地上，不论这土地是多么贫瘠，不管命运对他们是多么不公，他们都不忘了播种希望，追逐梦想。在这几部文学名著里，我读到的其实就是一轴反映中国农村农民生活历史变迁的斑斓画卷。

让我感到震撼的是，这几部文学名著的作者，都是同一地域的作家，他们对于养育他们的那片黄土地无不充满了深深的情感。他们的根深深地扎在那片黄土地，他们的心充满了正能量，他们自觉地投身于改革的激流，及时地把握了时代的脉搏。也许是因为如此吧，他们是描写农村农民生活的高手，他们在不同的时期，创作出来的都是描绘中国农村农民生活的巅峰之作。我想，最能诠释这一切的也许就是路遥了，他始终坚信的是"人生的最大的幸福也许在于创作的过程，而不在于那个结果"，他始终以深深纠缠的故乡情结和生命之重去感受生活，表现生活。所以我在想，一个文学工作者，如果没有路遥这种对文学事业的神圣情感和奋斗精神，是难以生产出无愧于时代的精神食粮的。

　　让我最为感动的是，一部《平凡的世界》，写出了不平凡的农村，不平凡的农民，不平凡的生活，不平凡的命运，不平凡的梦想。我每次阅读，都情不自禁地回忆和共鸣了那段难忘的岁月。我觉得作者所描绘的生活和梦想永远没有过时。我每次阅读，都觉得有新的启迪。也许这就是经典，这就是名著，这就是阅读，所赋予我们的魅力和意义吧？

感受历史的伤痛

　　妻子嫌手机里每天早晨的提醒闹铃有点烦了，要我重新帮设置一首有点特色的歌曲。于是，我就给她的手机设了个电影《地道战》里的插曲《太阳出来照四方》。我没想到的是，此后的每天早晨，我也得一样跟着"太阳出来"起床了。同时，当我聆听到这首歌曲，我还想起了"地道战嘿地道战，埋伏下神兵千百万，嘿埋伏下神兵千百万……"这些电影插曲，想起了那些年在村里的晒谷场上，在乡镇简陋的电影院里，一次又一次地看《地道战》《地雷战》《铁道游击队》这些抗战题材的影片，想起了那些熟得不能再熟了的一幕幕的电影画面，想起了我们中华民族艰苦卓绝的八年抗战的历史。

　　这首歌，还让我想起了很多有关抗战题材的影视。印象最深的当然就是《地道战》和《地雷战》了。这些抗战题材的旧电影，对于我们很多人来说，也许是非常的滚瓜烂熟了，熟到每一个人物，每一句台词，我们都能够脱口而出，每一个镜头，每一个场景，我们都可以在脑海里清晰地浮现。有时我在想，是因为当时的电影少，我们已经一次又一次地看过多遍了？或者是，这些电影，最主要和最成功的是尊重历史，典型真实，有着深厚的艺术魅力？事实是，多年以来，这些电影，始终让我们百看不厌，在电影史上，也是经久不衰，以至当今，已经让很多抗战雷剧黯然失色，自惭形秽了。

我还在想，今年，是世界反法西斯战争胜利70周年，也是中国人民抗日战争胜利70周年了。回想这么多年过去了，我们的一些作家、编剧、电影电视工作者，本应是思想进步，创作水平更高了，反映这70年前的八年抗战的那段历史，本应是更客观、更真实、更有艺术感染力的了，然而，让我们没有想到的是，还有一些作家、编剧、电影电视工作者，一头扎进钱眼里，粗制滥造出了那么多八路军、游击队百毒不侵、裤裆藏雷、手撕鬼子、掌毙日寇的神影雷剧来，这真是滑天下之大稽。

　　然在国外，反映世界反法西斯战争的电视剧，似乎就并非如此了。如俄罗斯拍摄的《在那一九四一》。这部反映"二战"的电视连续剧，虽然只有短短的十二集，但却让我们看到了德军的淫威，村民生活的瞬变，以及村民们奋起抗争捍卫家园，让我们非常真实地感受到了世界反法西斯战争之所以正义和胜利的一面。

　　歌声让我想起了很多影视，也让我想起了一本书。一个炎热沉闷、雷雨将至的下午，我翻箱倒柜，终于在书柜的角落里翻到了这本残旧、纸质变黄发脆了的书。这本书，只有封面，没有了封底。封面醒目地排着三行字，分别是冯志，敌后武工队，解放军文艺社。在书的"写在前面"的天头里，还有我一个同学的钢笔字迹："诸君借阅，注意爱护，阅完之后，即刻归还。"看到这本书和这个同学的字迹，让我想起了我的寒窗岁月，想起了这本书所留给我的记忆，想起了我借了这个同学的书和读了之后居然没有归还，也不知是有意或是无意？这本书，始终给我的阅读感受，不单是一部红色经典，而且是冀中抗日斗争的真实写照。正如作者"写在前面"所说："《敌后武工队》如果说是我写的，倒不如说是我记录下来的更恰当"，"战斗空隙间，武工队里的战友们的面影时常出现；武工队的一些惊险、感人的故事，也经

常让我回忆起来。每当忆起，好像昨天发生的一样"。我仍然记得，我当年读到这本书时，又何况不是如此？作者说："书中的人物，都是我最熟悉的人物，有的是我的上级，有的是我的战友，有的是我的'堡垒'户；书中的事件，又多是我亲自参加的"，"这部小说里的人物和故事，日日夜夜地冲激着我的心；我的心被冲激得时时翻滚，刻刻沸腾。我总觉得如不写出来，在战友们面前似乎欠点什么，在祖国面前仿佛还有什么责任没尽到，因此，心里时常内疚，不得平静！"我始终记得，当我第一次借到这本书，读到这本书时，我也是和作者的心情一样的翻滚，沸腾和不平静。在书中，我看到了日寇的残酷无道，凶狠暴戾，充满血腥。我看到了武工队员们的百折不挠、刚毅不屈。我看到了魏强、刘太生、贾正、汪霞、刘文彬以及哈巴狗、侯扒皮、刘魁胜、松田等这些人物，刻画得非常的真实可信。如刘太生，仅是武工队员中的一个普通战士，在井边独自斗顽敌，惩罚鬼子松田，特别是在马池村的战斗中，弹尽而被三个日寇按住了，却宁死也不当俘虏，拉响了一颗手榴弹与敌同归于尽。所有这些，都不是那些百毒不侵、裤裆藏雷的荒唐情节所可相比的。即使迄今重读，仍让我们坚信不疑。我们翻开1942年的历史，日寇有七八万精兵，在冈村宁次的指挥下，对冀中抗日根据地进行了残酷的"三光"大扫荡。我们可以设想，这在当时的情势下，岂是能够手撕鬼子、掌毙日寇去抵挡得了的？所以我想，如果任由那些"抗日神剧"的泛滥，肯定是消解了八年抗战的残酷，歪曲了那一段苦难的历史，让我们很多人，尤其是后生一辈，再也感受不到历史的伤痛，再也认识不了中华民族所经历的磨难了。

　　阅读让我们牢记历史，也增长了见识。我不知道，我在当年读了《敌后武工队》这样优秀的文学作品后，是否影响了我对当今一些影视作品的看法与思考？是否改变了我的历史观和人生观？我敢肯定的是，这么多年过去了，当我再次触摸到了《敌后武工队》这样的藏书时，我依然很感动，依然是记忆犹新，我居然情不自禁地把《敌后武工队》这本书又重读了一遍……

走在小桥上

家乡的小镇，有座"解放桥"，不久前进行了重新维修。这座新中国成立初期修建的桥梁，确实是必需维修了，运行几十年来，它已经不能承受那些载重越来越大的卡车通行了。当初建桥时，也许最常见最载重的就是"解放牌"汽车了。而现在却不同了，动不动载重的卡车就是几十吨，以致很多新修的水泥路面都被压坏了，何况是这桥梁？

在"解放桥"的这一头，曾经有一间书店。其实，也不全是书店，准确地说，是百货商店的一角，也是因为供销社要征订小学教材而隔出来的一角，后来兼营一些小人书连环画，一些政治宣传小册子，一些科普读物，渐渐地又摆上了一些文艺杂志，一些文学书籍，慢慢地就成了一间书店。这也是我人生遇到的第一间书店。我记得，当时负责这间书店的营业员是个阿姨，人生得白净漂亮，脸上总是一副温和恬静的笑容，透露出良好的文化教养和文化气质。人的漂亮，有时不一定在外貌，有文化气质的人才漂亮，特别是女人。外貌漂亮又有文化气质的女人就显得更漂亮了。漂亮的女人总让人印象深刻，难以忘怀。而我忘不了的却不是这些，而是她对文化传播的热诚。这阿姨见我爱到书店看书买书，所以，我每次一到书店，她就主动地拿出一些新进的新书，让我站在柜台前翻看。看多久，她也没厌烦。有时，我选购了，她笑笑，把我挑剩了的书籍放回书架上。有时，我一本书也没买，她也不厌烦，仍然是笑笑，把我翻过了的书籍又放回到书架上。也不知为什么，她订购回来的很多书，都是我渴望买到的。如《艳阳天》《金光大道》，到《青春之歌》《林海雪原》《小城春秋》以及四大名著，再到《高老头》《葛朗台》《静静的顿河》等外国经典。我家里的藏书，大多是从那百货商场一角的书店里购存下来的。现当我翻开这些藏书，仿佛还可闻到这位阿姨当年递书给我时留下的余香。现在，这阿姨早退休并不知去向了。但桥头的那间百货商店还在，只是那书店不知什么时候已没有了。虽然如此，我每次回到家乡，走过这座"解放桥"时，我仍然总会多看一眼"解放桥"头的那间百货商店，总会想起百货商店那静静的角落。我总觉得，那角落的书店其实就是一座桥梁，是传播文化的桥梁，有如这沟通河上两岸的"解放桥"一样，让我们跨越时空，放飞梦想，走向远方。

在"解放桥"的另一头，有一间礼堂，是二十世纪七十年代初建的。在那二十世纪七十年代，这礼堂已是十分气派和堂皇的了。据说，在建这间礼堂时，当时的乡镇书记还因为违建楼堂馆所而受到了纪律处分。后来，这间礼堂成了文化站的基地，放电影，唱采茶，一时成了农村青年男女星夜会聚的文化乐园。时光流逝，时代变迁，当有了电视，有了电脑后，这间礼堂也日渐冷清和苍老残旧了。不久前，我回老家时还特地推开了这间礼堂的大门，那些尘封了记忆的文化生活碎片，一下子汹涌过来……而这礼堂里的地上，已长了青苔，有些砖墙角落，还生长了杂草，让我怅然若失。然而我想，不管怎样，这也是一座传扬文化的桥梁，这些青苔杂草，丝毫掩盖不了它曾经为乡村的文化建设做出突出贡献的辉煌。

站在这苍老残旧的空荡荡的礼堂里，我还想起了一个人，

山水之间

shanshui zhijian

是当时管理这间礼堂的文化站长。他是那个年代的"臭老九"的儿子，有一定的文化，爱写稿投稿，但写的多投的多，被采用的少能见报的少，偶然才见到他在省市报刊上登个小小的豆腐块。没认真注意，还找不到他的名字。即使是这样，这在当时的农村乡镇里，也是个了不起的人物了。而他最大的特长在于吹、拉、弹、唱。后来他终于有了用武之地，被任为乡镇的文化站长。在乡镇的七站八所里，文化站是一个最没钱没权的站所。但他就在这个工作岗位上，发挥了特长，且乐此不疲，居然把家乡的农村文化生活搞得风风火火。其实，在我们广大的农村，正因为有了许许多多这样默默无闻的文化站长，才为我们中华民族的文化事业繁荣发展，搭起了一座座坚实的桥梁，充实和丰富了我们的精神家园。

　　我走在家乡的桥梁上，突然想起了这些草根人物和点滴往事，情不自禁地记了下来，以此回眸我们悠久文化长河里那些溅起的点点浪花……

拣些芝麻绿豆作证

多年来，我因为在县级钦州市的部门工作过，后才到了地级钦州市的部门工作，所以，我在需要填写工作简历时，总是填写到"××年××月至××年××月，在钦州地区县级钦州市××部门工作"，以此来区分原来的县级钦州市和后来的地级钦州市。也因为我们钦州撤地设市，原来的县级钦州市也一分为二，划为了钦南区、钦北区。就是这样的工作简历，常常让我感受到，我始终跟随着钦州一路成长。透过这些工作简历，也让我切切实实地触摸到了钦州这些年来跳动的脉搏，见证了钦州撤地设市走过的辉煌二十年。

二十年，如比喻为一个人的话，那就是一个长大成年、朝气蓬勃的年轻人了。二十年，钦州确确实实如一个年轻人一样，充满了朝气，勃发了生机。因为朝气，因为年轻，所以，近些年来，钦州市委、市政府的领导，在向外来到钦州考察的嘉宾推介钦州时，总爱充满自豪地说："钦州，是一个古老而又年轻的城市。说其古老，是因为钦州得名已有 1400 多年，是历史悠久的岭南古城，是中国海上丝绸之路的始发港，是中国四大名陶之一的坭兴陶都，是近代史上刘永福、冯子材英雄的故里。说其年轻，是因为钦州的滨海新城，钦州新兴的临海工业。特别是 2008 年以来，国家批准实施《广西北部湾经济区发展规划》，钦州才开始有了中石油千万吨炼油

企业，有了保税港，有了中马产业园区。所有这一切，都给钦州带来了千载难逢的发展机遇，极大地提升了钦州在区域发展中的战略地位，钦州成为广西北部湾经济区最年轻的、最具活力的城市。"

然而，在我们钦州人的心里，也许很多人都最清楚，钦州撤地设市前，钦州其实就是很多外人路过随手丢弃矿泉水瓶的一个大乡镇。我们钦州很多人出差到外地，在被人家问起是从哪里来时，几乎都要解释大半天，然而人家仍是一头雾水，云里雾里搞不清楚钦州市处在何地，仅是懵懵懂懂地晓得是在某个天涯海角。这又让我想起了一个真实的故事。我在县级钦州市政府工作时，有一个副市长要出差。我们县级钦州市政府办公室在提前与外地一个地级市沟通联系时，对方问到我们钦州市是一个什么样的城市，有多少人口？我们县级钦州市政府办公室的同志不知是讲不清楚，或是有意模棱两可？便随意地说了市人口不多，就一百多万，这实际上是把当时县级钦州市九十多万的农村人口都概括在内了。你想想，这在二十世纪八十年代期间，这一百多万人口的城市，是一个什么样的规模和概念？差点没让对方吓死！后来，人家一个地级市的领导，不敢怠慢地开了一辆豪车，到机场去迎接我们这位县级钦州市的副市长，给予了高规格的接待。这位副市长出差回来后，经常很不好意思地说起了这件事。而我们当时还居然津津乐道了很多年。现在回想起来，我心里却感到很不是滋味。

但也难怪，我们当年的钦州，就是这样一种状况。那时的钦州地区，究其实就是一个农业大市，我们能向外界显耀的，无非就是香蕉、荔枝和青蟹、对虾、大蚝、石斑鱼了。我仍然记得，那时的钦州，也没有大工业，只有几家小小的制糖企业和几家尘土飞扬的水泥厂。我始终记得，那时的钦州市区，也小得非常可怜。有一次，我出到南宁至钦州二级公路

（当时还没有通高速公路）路口去迎接到了一批客人，本来是一转弯就可以回到了当时的市委大院的。但有虚荣心的我，却没有这样做，而是趁着天刚刹黑，趁着客人不熟悉钦州，我居然带着客人在小小的市区里绕来绕去，才回到了当时的市委大院旁边的招待所里。当时的客人却蒙在鼓里地对我说，你们钦州市区好大啊，过了很多个红绿灯路口还没走到市委大院……现在想这些，我心底里仍是感到万分的羞愧。

也许有人会嘀咕，钦州撤地设市都二十年了，你还提这些难堪的事干什么呢？这不是给我们辉煌二十年的钦州抹黑吗？而且，这都是些芝麻绿豆的陈年往事了啊。然而，也许就因为是这些芝麻绿豆的陈年往事，才与当今的钦州形成了鲜明的对比，让我深深地刻下了钦州的印象，让我永远忘不了钦州的历史，让我看到了钦州跨越发展的一段风雨兼程，让我看到了钦州的过去、现在和将来。

钦州撤地设市二十年了，钦州确确实实是变了模样，换了人间。现在，我已经可以非常自豪地面对八方来客了。当我出差到了外地时，当我说起我是钦州人时，我也已经强烈地感受得到，有很多人已向我们钦州人投来了羡慕的眼光。

梦存碧浪间　心怀白云上

　　在我和一些人的眼里，当代青年的梦想与追求，也许是有一个好工作，有一套新房子，有一辆小轿车，有一个富二代的英俊老公，有一个小鸟依人的美貌妻子，有一对活泼可爱的双胞胎……所有这些，当然都是无可非议的幸福理想。然而，在不久前的一个休闲的晚上，我打开电视，看到了一档节目是《中国好歌曲》，其中有两首歌曲，有两个原创作者，给予了我强烈的心灵震撼，让我对当代青年的梦想与追求刮目相看，对他们的幸福与渴望有了新的认识与思考。

　　一首歌曲是《鸟人》。歌中唱道："不要在意别人脸色／生活就是要自娱自乐／偶尔接受别人眼光／也是要借力自在飞翔／黑夜漫长／皎洁月光／我翱翔在世界之巅／要么飞／要么坠落／这是生命的规则／要么飞／要么坠落／天空在召唤我／要么飞／要么坠落／这是展翅的规则／要么飞／要么坠落／我在飞……"歌的原创作者是一个满族"格格"，一个生活很宅的女孩，她在流着泪谈这首歌时说："我曾看到有句话：关于鸟的生存状态，要么飞，要么死。我觉得包括我们整个人类，就像鸟飞翔在天空上，为了追求目标，为了追求理想，而坚持不懈，那就是我们最闪光发亮的时候。"当我听了这首歌，当我听到这一独白时，我即刻感受到了什么是"天高任鸟飞"，"长怀白云上"。我强烈地意识到，这也许才是当代青年的心声，是他们不甘坠落的追求和梦想。我们常说的中国梦是什么，也许这就是中国梦，中国青年的中国梦。这让我想起了去年5月4日习近平总书记在同各界优秀青年代表座谈时说："中国梦是国家的、民族的，也是每一个中国人的。只有每个人都为美好梦想而奋斗，才能汇聚起实现中国梦的磅礴力量。"

还有一首歌曲是《鱼儿》。歌中唱道："鱼儿探出海面朝着星空仰望／看似平静海上怎想又起了波澜／重返冰冷海水里的浅淡忧伤／多想问海浪你知道吗／疯狂的任性的飞翔的那个我／安静的妥协的坠落的那个我／却从未撕碎过梦想／谁嚣张谁贪婪谁放肆的纠缠／背叛与不背叛都与我无关联／紧握住手掌的锋芒／鱼儿自己／只想做它自己／海陆的距离／多遥不可及／它却深信不疑／鱼儿自己／只想做回自己／稀薄的空气／再多么窒息／它依然勇敢追寻它的天地……"这歌的原创作者是一个阳光、爽朗的大学刚毕业的女生，她很坦然地笑着说，她就是那条"探出海面朝着星空仰望的鱼儿……"而当我听了这首歌，当我看到这条"探出海面朝着星空仰望的鱼儿"时，我感受到的是在我们的身边，确确实实有许许多多这样的鱼儿，还感受到的是为什么"海阔任鱼跃"，"鱼儿离不开水"。我仿佛看到了当代青年"勇敢追寻他们的天地"，追寻他们心中的中国梦。

在我们中国，每一代人都有每一代人的中国梦。而最突出的，也许是每一代人的追梦闪耀都在青春里。远古的不说，就二十世纪二三十年代来说，毛泽东、周恩来、邓小平等一大批民族精英，当时哪一个不是青春年少，风华正茂？他们追求的是中国人民翻身得解放，建立一个社会主义的新中国。他们始终不懈的是建设有中国特色社会主义。到了二十世纪五十年代的青年一代，他们高举的是"三面红旗"，是像堂吉珂德一样的去大炼钢铁。然而，不可否认的是，那时的他们，

山水之间

shanshui
zhijian

鼓着的多是一股铮铮骨气劲，想要摆脱掉的是绑在公共汽车上的落后的"煤气包"，在做着的是一个赶美超英的世纪梦。到了二十世纪六七十年代的青年，也许他们是"疯狂的一代"，他们扑腾在红色的海洋里。但不可否认的是，他们毅然决然地上山下乡，奔赴边疆，他们做着的是一个不同寻常的中国梦。而二十世纪八九十年代的青年一代，乘着神舟飞船，化嫦娥奔月的神话为现实，做着富裕文明奔小康的强国梦。

　　回眸近代以来的中国梦，正如习近平总书记在同各界优秀青年代表座谈时所说："近代以来，我国青年不懈追求的美好梦想，始终与振兴中华的历史紧密相连。"

　　习近平总书记在同各界优秀青年代表座谈时还说："人的一生只有一次青春。现在，青春是用来奋斗的；将来，青春是用来回忆的。"由此让我又想到，人的一生，或许是少年还幼稚，老年易暮气，而爱做梦能圆梦的，多是在人生最具活力最美好的青春岁月里。所以，我从《中国好歌曲》中的两首歌、两个原创作者里是那么深切地感受到，《鸟人》和《鱼儿》固然是好歌，而像创作者们所闪耀在青春岁月里的中国梦更是悠扬动人的歌。

小精品大长篇

　　一个雨后初晴的周末，天气闷热，我缩在房间里，开着空调，品读沈祖连的《前朝遗老》。这是一卷金麻雀获奖作家文丛，收集了著名小小说作家沈祖连的七十七篇作品。我很久没有如此集中地、系列地品读过沈祖连的小小说了。记得，第一次集中地、系列地品读沈祖连的小小说，是在二十世纪九十年代初，是在意外购到《邀舞者》这部微型小说集子上。

　　在我的印象里，时光荏苒，日月如梭，虽然过去这么多年了，沈祖连依然是墙内开花墙外香。或许，这就是沈祖连当下所拥有的名声吧。在本地，我们似乎感觉不到沈祖连有多出名或有多大的影响。然而，在全国的很多文学报刊上，或者说，在文学的百花园地里，我们却经常能够看得到，沈祖连似是一朵越开越久、越老越夺目的鲜花。凡是对沈祖连有所研究的人，无不知道，沈祖连已经是一个早已被公认了的小小说的创作大佬。无不了解到，这么多年来，沈祖连都在默默无闻地坚持着，在不断地发表新作，用作品示人，以作品说话。沈祖连的很多作品，已被广大读者所喜爱，且给予了很高的评价，已有很多权威的专家学者，给予了高度的评定。

　　然在我看来，沈祖连的小小说，是淡淡的。就似《富在深山》，"一切都是那么的宁静，悠远，深长，惬意"。几

乎没有激烈的矛盾冲突，没有紧张惊险的情节，更没有故弄玄虚的荒诞和高深，都是描述了一些发生在我们身边的平平常常的生活琐事，塑造众多的与我们生活在一起的活生生的草根人物，即使是小小说最讲究的结尾高潮，在沈祖连的笔下，也是淡淡的，不经意的。如果你见过沈祖连，你再读他的作品，你就会一下子感到，作家本人就像你的一个老乡，在和你喝茶聊天，或散步漫谈，听他谈村里，谈街坊，谈机关，谈各种各样的事和各种各色的人，谈着聊着，有钱了的《猪经理》突然冒出了一句："我老豆娶了两个老婆，我却不能！"让你一愣，引起了你的一笑，引起你的联想，引起你的深思。

沈祖连的小小说，是纪实的。没有华丽的词藻，没有灌水的议论，没有故意的渲染，都是一些写实似的生活记录。而这些纪实，源于生活，高于生活，去粗取精，去伪存真。熟悉沈祖连的人，更容易感到，有的甚至写的就是作家本人。即使是幽默和夸张，如《第二届家委会预备会纪实》《一个人的团拜会》等，除了内容纯属虚构以外，场景、流程、氛围也都是有模有样的纪实，既让人会心一笑，又非常深刻地嘲讽了形式主义和官僚主义。如果你是本地人，你就会在《荒唐的画家》《五十年后》《自行车二题》等这些作品里，看到了广西钦州市区的板岭路、镇龙楼、榕树根这些熟悉的地方，看到了广西钦州市区的新兴路、五马路这些熟悉的小街小巷，看到了那些小家电修理店和菜农与城管捉迷藏的便民市场，看到了广西钦州、北海、防城港这些沿海城市的地域风貌，以及倾听到那些草根人物的熟悉乡音。即使是一具泥兴陶、一个小呼机、一辆自行车，也无不烙上了作家本地的和历史的印痕，让读者真实地感受到了历史的轨迹和当下生活的缩影。

沈祖连的小小说，是多彩的。还有多角度，多侧面，就如万花筒一样，让你眼花缭乱。作者笔下所触及的都是生活的方方面面和角角落落。在《抓贼》里有一段开头的话，我认为最能概括沈祖连的小小说内容和风格："这个世界就是这样的奇妙——往往，佳肴与狗屎同一个食袋，香花与毒草同一个苗圃，银鱼与乌贼同一个水域，罪犯与警察同一个门洞，贼与庄户同一桌吃饭……人与魔鬼交织在一起。"

沈祖连的小小说，是辛辣的。这辛辣，有辛酸。如在《无奈有奈》《我的领导》《分歧》等作品里，我想，凡是熟悉沈祖连生活的人，肯定都会在这些作品里看到了这个作家本人这些年来生活的身影，感受到了很多草根人物挣扎在底层生活里的追求和艰辛。熟悉农村贫困的人们，也会在《回马枪》里看到我们的弟兄，曾经为娶媳妇却因贫困而被迫弄虚作假，"大哥"悄悄塞钱而既感动又心酸的朴实真情，所有这些，都让我们产生了强烈的共鸣。这辛辣，有嘲讽。如在《前朝遗老》《烫手的山芋》《机关》《老实人的虚伪》《狗咬夤夜》《嫁官》这些篇什里，虽然没写什么达人高官，没写错综复杂的勾心斗角，虽然写的是司机、文人、科员、小经理，然却是那么深刻地揭露了官场的很多丑陋和一些部门相互推诿的官僚主义作风，以及一些官员的腐败演变。还有《火候》《棋迷》《棋规》《市长的构想》，通过了一个个棋局和一粒粒小小的棋子，道出了一些棋局可解，然一些官场里的局、生活里的迷，却不一定能解。再有《变味的校庆》和《题词》，也是那么深刻地暴露了钱与权在校园这块净土上的变味和渗透。

沈祖连的小小说，是连贯的。这连贯，是意连，是跟着生活的轨迹连。沈祖连的小小说，读多了，整体地读过了，你就会突然发现，沈祖连的小小说，也许都是一部生活的大部头里的一个个小章节而已，在某一个时段，就串连起来了，如《情惑》《代价》《无法诠释的结合》，就像是一部浓缩了的长篇三部曲。很多有名有姓的人物，也经常在很多篇章

里出现。可以说，沈祖连的小小说，就是一本厚厚的连环画。在这本连环画里，是一个个分镜头，一个个小场景，一个个小人物，但都始终紧紧跟随着历史发展的脚步，从容不惊地涌动着现实的波澜，一点一滴地浓缩着时代的风云。所以我说，在我看来，沈祖连的小小说，究其实就是一部作者一直在写，一部永远也写不完似的浓缩了的大长篇。

一锹一锄的精耕细作

  遥望那黄土高坡，也许很多人看到的是柳青的《创业史》，或路遥《平凡的世界》，或贾平凹的《废都》，或陈忠实的《白鹿原》，却不一定都看得到刘公的《傻子一样的葡萄》吧？如果说，柳青、路遥、贾平凹、陈忠实的作品是大手笔大硕果，那刘公的小小说或许就是一串串的小珍珠小葡萄了。这是我品读刘公小小说的第一印象。

  百年百部微型小说经典《傻子一样的葡萄》，汇集了刘公在文学的百花园地里，一锹一锄精耕细作的八十三篇作品。这些作品，给我的第二个感受就是有个朱家湾。如果说，有人读陶渊明的作品是进了桃花源，那我读刘公的小小说就是步入朱家湾了。在这朱家湾，似是有个智者在向我讲述朱家湾的昨天、今天和明天，让我惊讶不已，又回味无穷。我漫步在这朱家湾，掀开的第一篇就是《傻子一样的葡萄》，先让我品尝到的葡萄，是烂在地上的，是混合了酸甜苦辣的。在《赶情》里，我看到了贫困和死要脸子的另一"群"，他们都想有尊严地活着，但却因为极度的贫困而觉得没脸活下去了。这一形象，让我想起了我老家的一个五叔，突然地就心酸得泪流满面了。然而，物质生活的贫穷不一定可怕，可怕的是精神生活上的空虚和文化生活上的贫困。在《他就是想坐牢》里，我们了解到了孙二山，穷时谋生想坐牢，到物

质生活的温饱解决了，精神生活却贫穷了，感到空虚感到寂寞，又想坐牢了。这让我看到，在那希望的田野上，一些已经富起来了的青年男女，却为什么还要涌到城里去了。在《猪二嫂进城》，我看到了另一个"陈奂生"上城的影子，城里的五光十色、花花世界，让猪二嫂茫然若失，一下子找不到北了。在这朱家湾，我还听到了很多的故事和传奇，如《一生舍不得吃的蛋糕》，姐弟情深，催人泪下。如《跳树的女孩》，一个走出朱家湾的打工妹琼，虽然曾经被侮辱，但仍然要争取过有尊严的生活。还有考上了大学，走出了朱家湾的肖娜，虽然美丽、纯洁、心地善良，但却不能过正常快乐的生活，居然如一道《红色弧线的跌落》，让人扼腕长叹。《卖冰棍的女孩》，突然间让我想起了安徒生的《卖火柴的女孩》。卖火柴的女孩是因为社会的黑暗和罪恶而死，卖冰棍的女孩却因为穷山恶水、红颜恶棍而亡。《沉重的帽子》《许大头的铜哨子》《激灵的王三》，回眸的是朱家湾在"文革"期间那个特殊的年代。最典型的就是阿Q一样的王三了，当王三的生命即将逝去时，傻儿子的一句"站起来"，王三居然被激灵了，这是死不瞑目啊，这是多么地撼人心魄，令人心碎啊。当夜幕吞没了整个朱家湾时，我还发现，铁柱的女儿觉醒了。我们听到了铁柱的女儿在《夜色里的呐喊》，要做文化人的婚姻。还有朱家湾的最后一位朱姓人死了，死得让人深思（《发爷的墓地》）。所有这些，仿佛就是朱家湾的一部村史，是中国历史的一个缩影。

著名作家王蒙说，微型小说是一种眼光。刘公就是以这样的眼光，去深入洞察，去精雕细绘，去着力塑造，力求透过朱家湾的一个个小故事，一个个小人物，娓娓地道出了中国历史人文的进程和变迁。

有个作家这样说过："什么是小说？我不懂，我的理解是，所谓小说，就是在一个小的地方小声地说。"也许就是这样的说得多了，说得细了，或许就会起着一种潜移默化的作用了，或许这就是艺术，这就是文学的一种力量吧。如此说来，当今的小小说，就应该是选择一个非常微小的角度，进行非常细致的刻画，这是刘公的小小说所给予我的第三个领悟。如刘公凭着《一个大立柜》，道出了一段刻骨铭心的爱情。通过《她和他的婚姻风波》，深刻地揭示了"正派中往往隐藏着邪恶的欲念，安谧中往往酝酿着危险的信号"。通过一对所谓生死兄弟面对金银财宝的生死，暴露的依然是"人为财死，鸟为食亡"的人生哲理（《盗墓贼》）。整体来说，刘公的作品，是角度小，选材小，故事小，人物小，没有华丽的词藻，也没有故弄玄虚，而暴发的着力点却是那一刻的灵魂撕裂。如《卖冰棍的女孩》，《红色弧线的跌落》的肖娜，《跳树的女孩》琼，《茅厕里的爱情》的二喜和晓琳，《"爱"的毁灭》里的娟，还有《一个并不风流的女孩》，他们一个个都是花季年华，却在不同的人文环境下灵魂被撕裂了。

　　品读刘公的小小说，给予我的第四个体验是讽刺与幽默。我在官场浸淫多年，对刘公以小小说的讽刺与幽默来针砭官场深有共鸣。如《原来如此》，一个有锐气有才华的小丁被扭曲成熟了，而一个善于拍马屁的官油子却产生了。如《张站长的当官梦》，所谓优秀市民就是一些官员的道貌岸然，所谓指手画脚就是一些官员梦寐的情境。如《人鸟情》里的二只八哥两个科长的明争暗斗，也是活灵活现、入木三分地刻画了一些官员那被扭曲了的心态。如《心病》，与契诃夫的《小公务员之死》有异曲同工之妙，让我们联想到，很多人并不是因为得病才死的，而是因为得了病后被吓死了的，正如一些官员那样，为官不正，为官不为，甚至是走路也怕踩死了蚂蚁，怕得罪了上级，不敢讲真话，不敢做实事，或是因为一句话，或是一点小失误，就患上心病了，忧郁而死了。同时，刘公在《一场别开生面的反腐倡廉报告会》《废墟下

244

的忏悔》这些作品里，也是透过了幽默与讽刺，大力地弘扬了社会的正能量。

品读刘公的小小说，给予我的第五个心得是作家要写就写最熟悉的。这几乎是古今中外每一个成功的作家常谈，也是我们很多爱好文学的作者仍然参不透的秘诀。我对刘公不熟悉，我仅是在有关资料上了解到刘公曾经是一位军人。所以，我在《傻子一样的葡萄》这本集子里，看到了刘公在着力地塑造了一个个有血有肉有骨气的军人形象，一点也不意外。相反，我倒是觉得，以小小说着力塑造军人形象，且卓有成效的作家似乎不多。应该说，刘公是出类拔萃的一个。如《神秘的铁皮箱》《长生这小子》，塑造了和平年代军人的成长。《遗愿》《生死抉择》《墓前哀思》《有事呼我》，从不同的角度，表现了军人的铁血柔情和崇高爱意。而《咱是当过兵的人》，雕刻出来的依然是铮铮铁骨的军人风采。

品读刘公的小小说，给予我的是非常宽广的人生视野，能让我们换个眼光看世界。刘公的小小说，并非局限于军人，或局限于朱家湾，或局限于官场。刘公的小小说，其实是多角度、多侧面和五光十色的，有武侠，有科幻，有"聊斋"，如同我们的生活一样，多姿多彩。如《剑魂》《千古之谜》，是染血的传奇。《伤痕》，是换了一个角度的战争创伤。《今天把死因告诉你》，着力鞭挞的是时弊。《难忘的两次网恋》《一个并不风流的女孩》，揭露的是网络背后的诱惑与荒诞。就是看似《体面》，其实都不体面。《一定是他们搞错了》，其实是搞对了。即使是一个小小的《展板》，展出的也是一种心酸的人生。

后记

重拾旧梦

本来，我是没有"野心"要出书的。我也曾经失望过，这辈子，我是不可能有作品出书的了。因为出书，不是谁想出就能出的。尤其是在青春年少时，我就觉得，著书立说，是件非常神圣的事。

我爱书，敬书，爱读书，由此而爱上了写作，而就有了一个非常向往的梦。但也因为写作，我从政了，为领导写讲话稿，为单位写各种各样的材料。而所有这些，都不是我很想写的，却又是必须写的。这样一来，我的形象思维变得有点形式僵化了，梦也渐渐地遥远了。近些年来，我抽空写了点自己想写的东西，陆陆续续地在报纸杂志上发表，然后，又被市作协的谢凤芹主席忽悠，有了这本书。这也算是我重拾了一个旧梦吧。

因为这本书，我最想感谢的是三女一男，一是著名作家、市作协主席谢凤芹，一是著名诗人、报社副刊主编梁沃，一是著名作家、报社副刊主编陈旭霞，还有一个是著名作家、小小说大师沈祖连。

是为后记。

2016 年春